작약은 물속에서 더 환한데
이승희 시집

문학동네시인선 217 이승희
작약은 물속에서 더 환한데

시인의 말

작약이

피어 있는 방에 있습니다

누구의 안부였을까요

물을 끌어다 덮으면

누군가

나를 데리러 오는 것 같습니다

2024년 7월
이승희

차례

3부 높은 포물선을 그리며 여름이 발달하는
밤이었고

4부 한번 더 넘어져요 파도처럼 마지막처럼

5부 돌본다는 것은 그 옆에서 함께 잠든다는 것

1부

어떤 식물은 멜로디처럼 흔들렸다

물속을 걸으면 물속을 걷는 사람이 생겨난다

여기에서 계속 살 거야?

물고기 한 마리 자꾸 따라온다

왜

왜

똑같은 물음
똑같은 대답을 하며
나란히 나란히

같이 살 생각도 없으면서
같이 죽을 생각도 없으면서
하나의 풍경이 된다

지나가는 풍경으로부터
아무도 없는 풍경까지

풍경은
조용히 있다
조용히 흐르고 있다

나는 지나가는 중이고
지나가는 풍경이 된다
사라지고 나면
사라진 풍경이 된다

여기에 살기로 작정하면
저기가 생겨난다

여기 없는 저기와
저기 없는 여기가 없다고 해도

집에 가자라는 말을 들으면 자꾸 눈물이 났다

헤어진 후

밤이 되면 집은 불을 밝혀 물속으로 돌아간다

비로소 물속에도 꽃이 피고

나는 바깥을 견디지 않아도 좋았고
슬픔은 슬픔을 견디지 않아도 좋았고
세탁소 골목을 지나가는 몇몇 물고기들이
좋은 사람처럼 보여서 좋았다

절망의 아름다운 밤이
편의점 불빛 아래에서
천천히 흩어질 때
공원을 걷는 사람들
키 큰 나무들 가지와 가지 사이에
적당한 높이로 앉아 있다
똑똑 가지를 꺾어
없는 두 손을 만들고
없는 두 손을 오래 흔들고 있었다
물은 흐르지 않았고
나는 없는 두 손을 가지고 싶었다

마당에는 작약이 피었다
겹겹이 작약작약

작약이 이렇게나 피었는데 아무도 오지 않았다
작약은 물속에서 더 환한데
잘 찾아올 수 있을 것인데

물은 고요하고
대문 앞 가로등이
작약의 낯을 보고 있다
오래 만지고 있다

물속을 날아가는 나비 한 마리 같았다

작약은 물속에서 더 환한데

작약 속을 걸었다
작약이 없다
작약이 아닌 것들만 가득했다
죽는다고 달라질 게 있을까
거기와 이곳의 사이는 없고
환상이라고 말하면 이미 환상이 아닌데

여기는 한 번쯤 죽어야 올 수 있다는 말은 거짓말이다

물고기가 바라보는 곳을
새 한 마리가 바라본다
나도 그곳을 바라본다
모두 다른 곳인데 한곳에 있었다

작약은 거기 있다
허공에 뿌리를 두고
꽃을 물속에 두었다
누가 밀어넣었을까
누가 밀어올렸을까
어떤 반성과 참회가 꼭대기를 흔들었다

무수하게 산란하는 물고기들이
내 얼굴을 스쳐간다

작약 속을 걸었다
작약이 없다
이 모든 게 작약이 되는 날이 온다는 말을 이제 믿지 않
는다
치욕스러웠고
슬펐다

반복되는 작약

피가 물속으로 퍼져갈 때 작약꽃이 피었다

나는 집을 만들 손이 없었다

물속을 날아다니는 나비를 보면

아무 말 없이 헤어진 사람이 생각났다 누군가의 무덤이
되고 싶다는 생각을 하면 물속에서 꽃이 핀다고 그럴 수밖
에 없다고 믿었다 그런 믿음으로 나는 지금 물 앞에 앉아
물을 보는 마음을 생각한다 나와 그 마음 사이로 나비 한
마리가 물속을 날아간다 버드나무 가지 사이로 바람이 부
는 것처럼 그건 그냥 그런 것이다 모든 아픈 것들은 다 그
렇다 아무 말이 없다 그걸 다 알 것 같으면 정말 아픈 것
일까 더는 통과할 문이 없다고 생각해도 새로운 철문을 몇
번씩 열었다가 닫는 마음이었다 아무것도 없다는 것만이
있을 때 나는 작약의 잎을 세고 있다 꽃이 피겠구나 안 피
겠구나 몇 해째 꽃이 오지 않았다 그 마음을 생각한다 나
는 이 세계에서 너무 오래 살았다 너무 많은 날이 지났다
비가 다녀갔고 바람이 불었고 함박눈이 몇 번이나 내렸는
지 모른다 마당의 나무들은 제 가지 속에 물고기를 품으며
잠들었고 잠이 오지 않는 나는 그 주변을 밤새 돌아다녔다
그런 이야기가 있었다 아는 것들이 사라지고 모르는 것들
이 다가와 같이 살게 되어도 그건 그냥 모르는 것들 모르
는 것들이 아는 것들을 이길 수 있을까 모르는 것들이 아
는 것들을 닮아간다 나뭇잎들이 물속에서 떨어진다 계단
을 내려가듯 가라앉는다 물고기의 집이 될 수도 있다 많은
알을 낳을 수도 있다 그럴 때도 눈물은 중력을 거슬러올라
간다 나의 두 눈까지는 그래도 아직 멀었다 멈추지 않았으
므로 알 수 있다 물속을 날아다니는 나비를 보면 나는 어

쩌면 아직 살아 있는지도 모를 일이다

물과 뱀

물속에서 오래 숨을 참습니다
느리고 느리게
흘러가는 생처럼
슬픔의 독이 쌓이고
해야 할 일이 있다는 듯
그림자가 생겨나고

나를 닮지 않은
내게서 조금 떨어진
나보다 나를 조금 더 슬퍼할 것 같은
그림자 혹은 슬픔은

아주 천천히
가늘고 긴 몸으로
내게 흘러와서 눕습니다
내 몸에 반듯하게 맞습니다

몸이 꽉 채워지는
그런 온도의 슬픔
그런 기쁨으로

피를 흘리는 중입니다

밤이 되지 않아도
슬픔의 피는 반짝이고
나는 그 반짝이는 것들 속에서
여기 없는 이들에게
말을 걸기도 하고
같이 잠을 청하다가
밀린 잠을 잡니다

잠 속에는 크고 검은 배가
나를 기다리고 있습니다
누군가는 배에 오르라 하고
누군가는 오르지 말라고 합니다
마치 허밍처럼 들리는 자장가 같습니다
어디로 가는지 묻지 않습니다
좋습니다

나비가 왔다

물속을 오래 날아온 얼굴
여기가 끝이라는 얼굴
삶도 죽음도 아니라는 얼굴

같이 살자는 말보다 같이 죽자는 말이 더 좋아서

나는
나비가 되고 싶은 것

나비가 되어
날아가지 않는 것
죽음도 키워가는 것

그래도 어려운 이야기는 모르니까

그런 게 아니라
그냥 나비

다시 물속을 날아가라면
기꺼이 그렇게 해보려는 것
여기가 끝이 아니라고 말해보는 것

이제 더는 갈 곳이 없다는 것을 어떻게 알 수 있을까

모르니까 가능한 질문들

그런 것들 모두 나비에게 묻고 싶은 마음

나비가 오면
나는 착한 사람이 되어 내어줄 등을 기르고 있다

초록 물고기

연못가 버드나무에선
바람이 불 때마다
몇 마리의 물고기가 툭툭 놓여났다
공중을 물들이며 스르르 잠기는 물고기

나는 그것을 며칠씩 바라보기도 한다

내가 좋아하는 사람은
언제나 버드나무처럼 웃는데
공중으로도
물속으로도
잘 잠겨들었다
공중과 물속이 서로를 잘 이해하는 것 같았다

버드나무는
물속에 잠긴 발등을 오래 바라보며
고요하다
이게 버드나무의 마음이라면

연못 속에서도
나뭇잎에서도
물고기들이 태어나고 자란다

어느 저녁
나도 툭 놓여나겠지

밤이 연못 속으로 고이고
물속은 한없이 깊어지고
나를 데려다준 사람이 어딘가에 있을 텐데

살아 있는 것들이 그리워지기 시작할 때

나는 물에 잠겨 있다

물고기 한 마리가 마치 달빛인 양 방으로 흘러들어왔다 이제야 집으로 돌아왔다는 듯 나를 스치거나 방의 한가운데서 헤엄을 치는 것이다 창문 밖으로는 조그만 배가 흘러간다 배의 불빛은 참 그윽한 뼈를 가졌다 흘러가는 빛들은 어떤 신호처럼 깜박이기도 했는데 헛된 생각 같았다 나는 아무것도 줄 게 없었고 줄 게 없는 것들뿐이었다 물속에 가라앉은 지는 아주 오래되었다 가끔 죽은 조개들이 내려오거나 죽은 물고기들이 가라앉곤 했는데 그것들을 뒤집으며 점괘를 보기도 했다 어떤 슬픔도 그 속은 슬픔이 아닌 것들로 이루어져 있다는 점괘를 받은 날은 종일 손가락을 깨물었다 그런 날은 밤부터 낮까지 잠을 잤다 잠과 죽음이 동시에 찾아오는 게 나쁘지 않았다 사실 나쁜 건 아무것도 없었다 거기서든 여기서든 떠나는 것도 돌아오는 것도 다 마찬가지였다 물고기 한 마리는 종일 붉은 맨드라미 화분 옆에만 머물렀다 저만 아는 소리로 말을 만들어냈다 알아들을 수 없는 말들이 무수한 손 같았다 물풀이 물의 몸을 만든다 나는 그것을 오랫동안 지켜보았다 물풀이 물을 거부함으로써만 가능한 일이다 밀어내고 떠나가고 다시 돌아가지 않음으로써 만들어지는 세계 그런 말을 하는 동안 귀와 입이 물의 흐름을 따라 조금 더 멀어졌다 아무것도 못 들은 척 물고기가 그 사이를 지나갔다 내게도 그런 집이 생기는 걸까 유언이 짧을수록 아름다운 생이라고 했는데 자꾸 혼잣말이 많아진다 그러니까 오늘은

저녁의 대문 앞에는 몇 년째 조등이 걸려 있었고
끝내 하지 못한 말들이 물고기떼처럼 골목을 빠져나가고
있었다

슬픔은 다할 수 없어

그는 물 밖으로 나올 마음이 없다고, 마음이 생기지 않는다는 말을 어떻게 해야 할지 모르겠다고 했다. 나는 그를 잘 모르지만, 밤이 되면 그가 집안으로 들어가 촛불을 켜는 걸 바라보았다. 물의 한쪽이 밝아지며 물속에도 피가 도는 것 같았지만 그는 슬픔을 다하는 중이라고 했다. 그리하여 마음도 다할 것이라고 했다. 그는 나보다 먼저 연못을 오래 바라본 사람이다. 그런 마음은 아름다워 보였다. 그럴 리 없겠지만 잠깐 내가 아닌 곳에 서 있는 나를 본 것 같았다.

그가 물가에 두고 간 신발
반짝 빛나는 마음 같아
나도 나란히 신발을 벗어둔다
정말 슬픔을 다할 수 있을까

두 발을 물속에 넣는다
빈틈없이 채워지는 마음
두 발은 물속으로 한없이 길어지고
이렇게 늙어갈 수는 없는 걸까
물속에 발을 담근 나무가 되고
물에 등을 대고 누우면
수많은 손가락이 몰려와
나무에 앉았다 날아가는 새가 되고
한여름의 비명 같은 매미가 되어

어디서든 늙어가면 되는데

나는 아무것도 아닌데 아무것도 아닌데

그런 마음이 되면
마음을 다한 것 같은 얼굴로
물방울이 생겨났다
금방 다가올 일처럼
어떤 금기도 우호적으로 보여
아무 말도 하지 않아도 되었다

발가락이 여러 개의 닻처럼 단단하게 물속 바닥에 박혔다

그와 나는 여전히 모르는 사이
나는 마음이 생기고 있다는 말을 어떻게 해야 할지 몰라서
두 손 가득 물을 쥐었다

아름다운 버드나무 가지는 물에 잠겼네

기차가 물속으로 들어온 건 조금씩 어두워질 무렵이었다. 이때쯤이면 물속에서도 석양처럼 배의 그림자 같은 모양이 멀리서부터 조금씩 커지기 시작하는데 검고 어두웠지만 빛나는 것이었다. 마치 소나기가 내릴 때처럼 속도는 은밀하고 빨랐다. 당연히 물속에도 비는 온다. 못 본 사람도 있겠지만 누구든 곧 보게 될 일이었다. 여튼 나는 물속으로 돌아오는 기차를 보고 있었다. 이처럼 크고 아름다운 건 흔치 않았고, 기차가 막 물속으로 들어올 때 잠시 보이는 버드나무를 보는 게 좋았다. 기차는 꼭 버드나무를 지나 물속으로 들어왔는데 그것은 마치 어떤 말씀 같은 것이어서 바라보고 있으면 몸속에서 노래가 만들어지는 느낌이었다. 그러면 피가 한두 방울쯤 물속으로 퍼져나가도 몰랐다. 기차를 바라보는 내내 내 몸은 조금 떠 있었고, 물이 흔들릴 때마다 나도 조금씩 흔들렸다. 굳이 어딘가로 가야겠다는 생각은 들지 않았지만 팔을 허리에 붙이고 발만 아주 조금씩 움직였다. 그러면 몸이 뜬 채 조금 움직일 수 있었는데, 방향은 따로 정하지 않았다. 그러면 기차로부터 멀어지기 시작하는데 그렇게 멀어지는 일이 누군가를 축복하는 것 같았다. 시간이 조금 지나면 멀리 공장 불빛이 켜지기 시작했다. 계몽주의 같았다. 흐릿했다. 사람은 보이지 않았다. 나비가 몇 날아다녔는데 구름을 만들고 돌아온 아이들 같았고, 발목의 멍은 투명했고, 부드러웠고, 쓸쓸했다. 나비가 앉을 만한 곳을 만들어주고 싶었다. 기차는 너무 멀리 있고 크니까. 긍정

과 부정의 얼굴처럼, 서술어 없이 사라지는 세계처럼. 가장
자리가 없는 세계는 더 힘들 테니까.

　이제 그만…… 그런 것은 없어
　여기는 발굴되지 않을 세계…… 그런 것은 없다고
　기쁘다……
　그래도 물속에 연못을 만드는 건 중요한 일 아닌가요……
죽음은 살아낼 수 없는 건가요……

　말이 없는 세계였는데 어떤 식물은 멜로디처럼 흔들렸다.
누구도 돌봐주지 않았고 누구도 살아야 한다고 말하지 않
았지만 살아 있는 것 같았다. 한번 지나간 것들은 늦게라도
되돌아왔지만 무심한 얼굴로 다시 지나가곤 했다. 아니라고
말하는 거 이제 지겨워 그렇게 말하는 것 같았다.

　희미하게 버드나무 가지가 물속으로 내려온다.
　아팠던 날들은 아직도 아프다.

　버드나무 아래 벗어두고 온 신발은 아직 거기 있을까?

버드나무는 잠을 자고

코끝이 수면에 닿을 듯했다. 물 밖에서 물고기들이 버드나무 잎 속으로 하나둘 들어가고 있었고, 또다른 잎에서는 버드나무 잎에서 놓여난 물고기들이 하나둘 물속으로 잠겨들기도 했다. 아주 오래된 이야기처럼 혼곤했다. 버드나무에 바람이 불면 물속과 물 밖이 마주보며 함께 흔들렸다. 오래전 연인처럼 반짝였고 세상에는 오직 그 모습만 있는 것 같았다. 세계의 끝은 아닐까 생각하다가 따스하고 무료해서 마치 내가 살아 있는 것 같았다. 몇몇 사람들이 찾아와서 물가에 오래 서 있었다. 알 것 같은 사람이 있었고, 처음 보는 사람이 있었다. 그들은 아주 멀리 바다를 지나가는 배처럼 깜박이며 알 수 없는 이국의 말로 이야기했다. 내가 물속에 있다는 걸 모르는 것 같았다. 나는 여전히 버드나무 아래에서 버드나무 잎사귀에 부서지는 햇살을 보고 있다. 눈부셨다. 눈부신 이것이 아름다운 것일까 생각했다. 한 번도 눈부신 적 없는 생이 자꾸 어딘가로 가려 했을 때 나는 햇살을 보고 아팠고, 바람을 보고 슬펐다. 아름다운 것과 아름답지 않은 것을 나눌 수 없으니까. 누구도 그래서는 안 되는 거니까. 아직도 아름다움이 뭔지 알지 못한다. 아름다운 것은 내 것인 적이 한 번도 없었으니까. 나는 어떻게든 있고 싶었는데 나는 어떻게도 없었다. 버드나무 잎사귀 하나 허공으로 툭 떨어진다. 이제 끝인 줄 알았는데 아직도 가야 할 곳이 남았을까. 밖은 여전하구나. 버드나무는 잠을 자면서도 물속과 물 밖의 풍경을 꼭 쥐고 있다. 나는 다시 집으로

돌아가야 한다. 물속으로는 어떤 길도 보이지 않는다. 멀리
서 흔들리고 있을 촛불을 향해 나는 물속을 지나가고 물속
은 나를 지나간다.

내 마음의 수몰 지구

불을 켜두어야 합니다
수국이 잘 자라도록 도와줘야 합니다

처음으로 읽는 글자처럼
그러다가 모든 글자를 읽을 때처럼
어떤 미래에 도착한 듯

사라진

더는 어디로도 가고 싶지 않을 때
더 깊은 잠을 재워줄 이를 기다리며
나는 물속을 바라봅니다

나무들의
손을
내려줘야 합니다

물속에서 기차가 우체국을 지나갑니다

2부

이제 막 물속으로 잠기려는 잎사귀

나는 버드나무가 좋아서

버드나무에
물고기 한 마리
물고기 두 마리
잎잎마다 살게 하였습니다

가지마다 수십 마리의 물고기들
차마 다 하지 못한 말처럼
바람 불면
차곡차곡
흔들립니다

바람은 자꾸 아픈 마음을 데려와
함께 살라고 합니다
나는 낮잠처럼
물고기 한 마리 허공에 놓아주고
물속으로 놓여난 물고기를 하염없이 바라봅니다

그래도 찬란합니다
무엇으로든 빛납니다
무엇이 되고 싶지 않다는 것은 그런 것인가봅니다

내가 사랑한 귀신들에게 방 하나씩 다 내어주고서야
우리가 살 집을 지어봅니다

이제 막 물속으로 잠기려는 잎사귀입니다

밤배

그는 배를 타고 온다
밤을 입고 밤을 벗으며 건너오는
강의 이쪽과 강의 저쪽처럼
죽은 생에 나의 생을 겹쳐둔 것 같다
흐르는 것들은
흐르는 것들에 붙잡혀
붙잡힌 것으로 흘러갈 수 있다
이미 여기는 저기처럼 멀고
저기는 내 이마에 빗방울처럼 떨어진다

외로운 건 마음의 일이라
몸을 두고 참 멀리까지 가는 것이다
버드나무 가지를 꺾어
물속을 젓는다
누구에게든 다정하게 굴어보는 것
지금은 이것이 전부다

그가 두고 간 것들을 먹으며 살았다
꿈이 되지 못한 미래나 등뼈에 고이는 물 같은 것들
머리카락부터 발끝까지
위태로움도
쓸쓸함도
죽음처럼 아름다웠다

이만큼 살았으니 되었다 생각할 때도
그가 몰라볼까봐 두려웠다
강가에 버드나무를 심은 사람의 마음이 자꾸 만져졌다

배를 기다린다
그가 배를 타고 올 것이다
몇 번씩 휘어진 골목을 지나
한참씩 쉬고 오르던 계단 위를 둥둥 떠서 올 것이다
물속에서 반짝이는 불빛이 켜진
집을 보면 조금 우는 것처럼 머물지도 모른다
누구도 나를 여기 두지 않았으므로
나는 지금 물결처럼 고요하다

한 점처럼 버드나무가 멀어지고 있다
어둠 속에서 더 선명해지고 있다
물고기들이 버드나무 가지 속으로 숨어들어
고단한 잠에 들고 있다

밤배

잠의 뒤꼍으로

꽃이 피듯 배가 밀려왔다

나의 등을 가만히 밀어왔다

죽은 이의 편지 같아서

슬프고 따뜻해서

그렇게 배에 올랐다

배는 공중에 떠서

시작과 끝이 없는 이야기처럼 흘러갔다

눈이 내리듯 천천히 흘렀다

가는 것이 꼭 돌아오는 것 같았다

망자들

그럴 리가 없지 않은가 우리는 이미 블랙홀 속으로 몸을 흘려보냈고 어떤 날은 당신을 뭉쳐서 길고 긴 의자를 만들었는데 어째서 외롭다고 하는가 어째서 내가 보인다고 하는가 사이라는 건 길을 잃으라고 있는 것 경계에 부딪쳐 울다가 잠들라는 것 비로소 망자가 될 수 있는데 비로소 지나칠 수 있는데 굳이 만지려고 하는가 굳이 믿으려고 자꾸 이해하려고 하는가 바깥을 향해서 손 흔들지 마 우린 이미 바깥이야 그리고 이 바깥에 안이란 없어 서로에게 스밀 어떤 자리도 없도록 해야지 그걸 사랑이라고 부른다면 그럴지도 몰라 용서할 수 있으니까 맨살을 만지고 입술에 입술을 대고 건조한 노래를 부를 수 있다면 그래서 끝내 닿지 않으려 한다면 그렇다면 말이야 우린 서로의 망명지가 될 수 있을지도 몰라 우리는 그렇게 서로를 독립시켜야지 당신은 당신을 만지고 나는 나를 만지고 애초 없는 것을 향해 달려간다면 그렇다면 말이야 우린 그렇게 마주보게 될지도 몰라 그러니 밤이 온다 보이지 않는 몸이 꽉 차서 우리는 사랑해라고 말할 수 있다

어떤 마음에 대하여

물속에 오동나무를 심는 마음이 있다 연꽃도 그런 마음 모란도 그런 마음 오리 두 마리도 그런 마음이어서

가만히 헤엄을 치게 하였다 그런 마음을 싣고 돛단배가 온다

마음에 무엇을 들이는 마음 그런 마음이 더욱 따뜻하여 소나무가 자란다 바위 속을 지나 지붕 끝을 지나간다 머리가 붉은 해에 닿고서야 편안해진다

지붕에는 매화꽃이 피었다 잘 모르는 마음인데 잘 알 것 같은 마음이다 마치 씨앗이 백 개나 된다는 유자가 막 벌어진 것 같은데 어떤 논리 없이도 알 것 같다 이를테면 지금 여기는 너무 멀고 멀리 거기는 지금 내 앞에 와서 머무는 것 그런 것처럼 없는 이가 자꾸 나를 보러 오는 것이니

물속에
연꽃은 연꽃이 아니고 모란은 모란이 아니고 복숭아는 복숭아가 아니어서
내가 여기에 있는 것
그리고
거기서부터 걸어와야 하는 것
그리고 나를 지나가야 하는 것

높은 누대
푸른 기와
오색 꽃구름을 밟으며 오시라고

붉은 문을 열어두었다
슬픔을 마음껏 열어두고
폐허가 한없이 늘어나 반짝였으므로

작약이 피었다

안방 몽유록*

나는 지붕 위에서 그네를 타는 사람들을 바라보았다
그네를 타는 사람들은 이 산과 저 산으로
버드나무처럼 휘어졌다
몇은 매달린 줄도 없이 마을보다 큰 꽃 속으로 들어갔다
나오곤 했다

세상은 붉은 목단 한 송이였고
마을은 점점 소실점 끝으로 멀어져갔다

목단 나무줄기를 따라
강물이 흘렀다
강물을 따라 구름이 흐르고
이름을 알 수 없는 물고기들이 노을처럼 퍼지고 있었다

나는 점점 높은 계단으로 밀려나는 중이었다
그것은 마치 눈물이 자라는 것처럼
아래로부터 강물이 흘러 올라왔다

그네를 타던 사람들이 보이지 않는다
꽃 피던 마을도 지나가고
목단도 보이지 않는다
어디에도 없고 어디에나 있는 그런 기분이었다

나는 아주 멀리 있는 사람
그러니까 잠깐 공원을 걸어가는 사람
모자를 들치고 지나간 개미
혹은 모자 속에서 자라는 자두나무

그런 후에도 계속 멀어지는 사람
말을 잃고
자라는 버드나무처럼
언제나 그랬던 것처럼

모란을 지나 걸어가는 사람

* 조선시대 신광한의 가전체소설 『안빙몽유록』의 제목을 변형했다.

건설적인 생활

벽돌을 쌓으면 키가 커져요 틈새마다 시멘트를 발라 가까운 사이가 되죠 나의 화단은 그렇게 만들어졌어요 이건 놀이 같은 건데요 안과 밖이 생겼다고 하는데 사실 그건 루머에 불과하고 루머는 아름답죠 나는 벽돌을 쌓는 사람 벽돌로 쌓이는 사람 안은 안으로만 자라라고 말하고 바깥은 바깥으로만 떠돌라고 말하죠 벽돌의 구조는 그렇게 최적화되었죠 어쩌면 장례식 같은 거라서 무엇이든 자랄 테지요 구멍이 아름다운 이유는 그런 것 건너편을 만들고 나면 손가락은 따뜻한 곳을 가리킬 테죠

화단에는
기린을 키우겠습니다
매일 자라는 기린을 키우는 겁니다
날마다 높아지는 천장을 갖겠습니다
그렇게 날마다 멀어지겠습니다
얼마나 풍요롭겠습니까

화단은 시끄럽습니다 서로 모르는 식물끼리 같이 아침을 먹고 점심을 먹고 놀다가 각자의 집으로 돌아갑니다 내일은 좀더 친해져서 함께 밥을 먹지 않을 테지요 욕하고 때리다가 엎드려 울고 나면 각자의 집으로 돌아가겠지요 돌아오지 않은 아이들은 반성과 번성 사이에서 잠이 들고 꽃 같은 건 되고 싶어하지 않을 겁니다 건설적으로 죽고 싶어한다는

걸 믿어도 되나요 날마다 처음 보는 우리만 남아 오늘의 높
이에 대해 말합니다 얼마나 더 기울어져야 똑바로 설 수 있
나요 그러는 사이 누군가가 벽돌을 쌓고 있습니다 차곡차곡
아름다운 높이가 되고 있습니다 우리는 언젠가 이국의 세계
를 걷게 될 것입니다 당신의 왼손과 나의 오른손이 겹쳐지
는 이유 같습니다

벽돌을 쌓는 사람들

벽돌을 세어본다
참 높고 길구나

벽돌은 벽돌을 만나 벽이 되어간다
그건 무언가를 버렸다는 말이다

벽은 정말 벽이 되고 싶었을까
벽돌을 쌓던 사람들은
그런 말을 하며
바람 빠진 풍선처럼 웃었다

평생을 살고만 싶다고 말한 사람이나 평생을 죽고만 싶다
고 말한 사람이나 모두 벽돌을 쌓는다
그들은 모두 무언가 묻고 싶은 말이 있는 얼굴이다

그래도 쌓아간다는 건 좋은 일 같아
좋았던 날들을 기억하려는 마음 같아서

넌 뭐가 되고 싶었니
건축학과를 졸업한 현장관리인은 줄눈이 잘 나왔다고 말
했다
수평이 쌓이면 벽이 되는구나

구체적 실천만이 있습니다 미지(未知)라니요
아무것도 슬픈 게 없어요

더는 들킬 것도 없는데 손톱은 자라고
벽이 키운 것들은 언제나 감춰진 채 따뜻해진다
그건 완성이 아니다
갱신되는 벽이다
따뜻해진다는 건 알 수 없는 일이 많아진다는 것

누군가를 데리러 가고 싶을 때 벽돌을 쌓는 사람이 있다

정원에서의 하루

오늘도 빨간색 물뱀은 둥글게 제 몸을 말고 수도꼭지에
걸려 있다

저러고 하루종일 있다

나는 햇살 가득한 마당 가운데를 소금쟁이처럼 가로질러
갔다 왔다 한다

작은 나무들이 물결에 조금 흔들리고

그 밑으로 쏘다니는 여름

아항 하품을 하고 나면 배가 고파질 것이다

수국이 피면 구름이 더 높아지고

시간은 더 느리게 흘러갈 것이고

슬픔이 풍성해질 것인데

그러면 어디를 좀 가고 싶어질지도 모른다

서로의 입술을 핥아줄 수도 있을 것이다

나는 여기서 당신을 기다렸을 것이다

그렇게 말하고 싶었는데

설명할 수 없는 것들은 설명할 수 없는 것이니까

가라앉을 수도 없고

떠오를 수도 없을 때가 있는 거니까

자작나무 사이로 물고기들이 숨어드는 걸

어떤 친절이라 말할 수 있을까

3부

높은 포물선을 그리며 여름이 발달하는 밤이었고

여름밤의 캐치볼

우리는 마주보며 점점 멀어졌다 그게 오늘의 전부였으며 마지막 담장이었다 높은 포물선을 그리며 여름이 발달하는 밤이었고 평평한 바닥을 계단처럼 밟으며 멀어졌다 가슴을 향해 공을 던지고, 가슴 높이에서 받는 거야 알지? 아주 오래전에 살았던 집 주소처럼 공이 날아오기도 했다 한때 우리는 벼랑처럼 가까웠다 한 번도 서로의 가슴팍을 빗나가지 않았다 빠르지도 느리지도 않게 받은 그대로 돌려주었다 며칠이 지나도 그 자세 그대로였다 그래서 우리는 조금씩 멀어졌다 멀어짐의 이유라는 건 애초 없는 것 우린 여전히 서로의 가슴팍으로 날아가 꽂히는 첫번째 심장처럼 공을 주고받는다 멀어진다는 것은 나아간다는 것이기 때문이다 온 힘과 간절함만 남는다는 것 우리는 어제보다 오늘 더 멀어지고 날마다 서로의 가슴팍을 향해서 더 멀어진다 우리가 던진 공은 가끔 우리의 사이에서 길을 잃고 떨어지거나 우리의 등뒤 어둠 속으로 던져지기도 했다 그래도 우리는 계속 멀어진다 그리고 더는 멀어질 수 없는 거리에서 우리는 캐치볼은 끝난다

그건 다 여름이라 그래요

채송화의 생활을 봅니다

채송화 옆에 앉아 있으면 좋아서 나는 자꾸 웃는데요. 괜히 채송화 주변의 흙을 손가락으로 꾹꾹 눌러봅니다. 채송화가 그러지 말라고 해도 나는 자꾸만 더 그러는 것입니다. 죽고 싶었던 마음들, 저 구름을 밀어올린 무심한 마음들, 나 없이도 더없이 아름다울 세상들, 이제 어떻게 살지라고 웅성거리는 모든 것들과 노래가 되지 못한 이야기들을 거기다 두고 올 수는 없잖아요.

나의 부음을 채송화가 제일 먼저 받아보았으면 싶어서
문상객으로 채송화가 와준다면 얼마나 행복할까 싶어서

채송화의 생활을 하루치의 밥으로 먹습니다

좀 간절하지 않아도 좋겠습니다. 깊어지지 않아도 좋겠다는 마음이 생긴다면 그건 다 여름이라 그래요

여름은 그런 거니까

여름이니까 괜찮아

파꽃이 피었으므로 여름은 환상이다 여기저기서 온갖 부
고들이 날아들었고 나는 소풍을 가듯 문상을 간다 개종한
나무들처럼 잘 차려입고 구름의 모양을 따라 해보는 것이다
그만 죽어도 좋을 거 같다는 말은 굳이 안 해도 되는 것이니
까 이 생의 모든 부고들이 어여뻐서 견디라고 말하지 않아
도 되니까 눈감아주자 가르침 따위 주지 말자 다만 더는 멀
어지지 말자고 쓰고 마침표까지 찍고 이해받지 못한 생이
면 어때 괜찮아 여름이잖아라고 말해도 되니까 그러니까 여
름은 아무도 모르게 종점이다 종점이어서 늙은 플라타너스
를 키우는 것이다 당신이 때로 아주 종점이나 될까 싶은 마
음이 든다면 그건 잘 살았다는 말 어디든 끝에 닿았으니까
아주 행복하다는 말 그러므로 또 그런 끝을 쥐고 있는 이를
만나면 말해주어야 한다 여름이니까 괜찮아 갈 곳이 없다고
생각하면 아무데도 가지 말라고 이젠 없는 방향들을 따라갈
수 있으니 어떤 절망이 이리도 한가로울 수 있을까 싶다면
그건 당신이 이미 여름을 만났다는 말 거기서 뭐하냐고 누
가 물어보면 아, 난 아무것도 하지 않아요라고 말하면 되고
그렇게 잠시 시간이 흐르고, 그래서 좋으냐고 물어보면 이
해하지 않아도 되는 세상만큼 좋은 건 없어요라고 말할 테
니 그러니 이제 좀 반짝인들 어때 여름이잖아

여름이 나에게 시킨 일 2020

라디오 소리만이 유일하다 희미하다 나의 여름은 졸음처럼 나쁜 친구처럼 천천히 그리고 오랫동안 모든 세간들을 옮겨 다니는 슬픔처럼 유일한 것을 뺀 나머지들의 세계 자꾸만 촘촘해져서 아무도 없는 방에 몇 번이고 나를 세워두는 일 몇 번의 이별이 다녀가고 난 이제 더이상 입양될 곳이 없으니 여기서 살아야지 그런 식이다 여름을 폐허라고 읽은 지는 오래되었고 여름은 견딜 수 없는 것들이 비로소 제 모양을 드러낸다고 썼다가 지운다 쓰고 지운 것들은 쓰고 지워진 것들로 살아가면 되니까 어떤 먼 곳도 그립지 않아 지금 여기만큼 먼 곳은 없을 테니 둥근 얼굴로 선풍기가 나머지들의 세계를 기계적으로 돌아본다 선풍기에서 선풍기를 꺼내면 누가 남을지 모르지만 기계적인 모든 것들은 아름다워 고개를 돌릴 때마다 꺽꺽 웃는다 나머지가 온통 나머지의 세계로 쏟아져나간다 나머지는 바깥으로 나가지 않고 나머지의 세계를 굴러다닌다 합쳐지지 않고 갈라진다 모두가 떠난 뒤의 나머지가 내가 있는 자리 틀림없이 그런 것이라면 여름은 날마다 축복 발견되지 않을 것 울먹이지 않을 것 나머지를 먹으며 나머지를 낳고 아무도 부르지 않을 노래를 만들고 그 무엇도 가로지르지 않으며 어떤 차례도 기다리지 않기로 한다 나머지가 나머지로 유일해지고 여름은 끝나간다

여름의 모양을 따라 해보는 날

키가 아주 크고 마른 미루나무를 보러 가고 싶었다 끝없이 흔드는 손가락을 다 세어주고 싶었다 다시 오지 않을 것들에게 보내는 인사라는 걸 아니까 멈출 수 없었다는 걸 아니까 여름은 애초 내 몸에 살고 있었던 사람

여름의 모양으로

슬플 땐 더 슬픈 노래를 듣고
슬플 땐 더 슬픈 노래를 듣고

절벽에서 떨어지듯 자는 잠처럼 옥수숫대 사이로 여름이 스쳐지나가고 함께 걸어다니고 싶은 사람의 이름을 생각하면 한 세계가 다 지난 것처럼 외로웠다 여름은 그렇게 캄캄한 것들을 잠시 닫아두고 있었다 그리고 그것을 알게 했다 손가락으로 내 몸을 자주 만져보는 버릇이 생겼다 어떤 모양도 되지 못하는 나는 또다른 나의 생일을 믿기로 했다

사실은 처음부터 함께 있었다 감춘 것들을 아직 보여주지 않는 세계가 있을 뿐이고 우리는 그 세계를 끝내 만나지 못하고 동화는 그렇게 끝나겠지만 여름이 오고 다시 같은 기억으로 괴로워하다가 여름으로 버려질 테고 거의 정지 화면처럼 한없이 느리게 여름을 걸어가는 사람이 되겠지 여름의 모양을 따라 또 함께 걷고 싶었던 사람의 이름을

떠올리겠지 나는 여름을 다 살지도 못한 채 여름의 폐허만 ⎯
을 사랑한 채

또다른 여름

포도송이들이 까맣게 익는 밤이었다
나는 오래전 멈춰버린 트럭의 자세로
물속에서 자라는 나무를 생각하고 있다
잎이 없이 뼈로만 자라는 나무였다

가끔 새들이 느리게 날아와 앉곤 했는데
어디까지 날아보았을까 생각하면
뭉클해진다
나뭇가지가 잘 알았다고 조금 흔들리고
새의 발목이 나무에 잠긴다

훔쳐온 여름처럼
나무는 잘 자랐다
누군가 잃어버린 얼굴과
누군가 버리고 간 손목
누군가 숨겨둔 슬픔 같은 것들이
며칠쯤 가지에 걸려 썩어가거나
물고기의 집이 되었다
잘 익으면 열매가 될 것이다

가지와 가지 사이로
문이 열리고 닫히기도 하는데
열리고 닫히는 곳이 늘 같았다

누군가 물고기의 눈물을 자꾸만 훔쳐간다
흘려보내면 여름이 태어날 텐데

나무의 뿌리는 물속에 떠 있는데 잘 보였다
견디지 않는 것도 견디는 것이라고
그것이 죽은 삶을 살아가는 이유라면
그럴지도 모른다

이제 그만 집에 가자라는 말

배추흰나비가 내게 날아왔다 어떤 계단을 오래도록 지나 둥근 사과 속으로 잠들러 가자는 말인가 싶기도 하고, 그만 죽어도 괜찮겠다는 마음이 전구처럼 켜지는 것이어서 악몽 이면 어쩌랴 싶은데 매번 같은 꿈을 꾸고 난 사람처럼 잎 사귀에 붙어 잠을 잤다 넘치는 얼룩 사이로 모자라는 얼룩 처럼

물속에서 라디오를 들었다 소리들이 아무 뜻 없이 이 방 과 저 방 사이로 옮겨지는 게 좋았다 나는 책상에 앉아 다 살 수 없을 것 같은 하루가 끝나기를 기다린다 책상 위의 사 물들은 다 조금씩 떠 있다 그게 원래의 자리라는 듯이 잠겨 있어서 살고 죽는 일이 딱 지금과 같은 것이려나 싶은데 물 속에 내리는 폭설처럼 수없이 많은 배추흰나비가 한없이 느 린 속도로 소리가 되고 있었다 그런 말이었구나

너는 오는 게 아니라 생겨나는 거니까 돌아갈 수 없다는 건 잘 살았다는 말 이 집엔 그런 것들이 살고 있다 이런 거 짓말을 하고 싶은데 이제 다시 여름은 오지 않겠지 가버린 것들은 다시 오지 않아야 한다 거기서 누군가는 또 길을 잃 을 것이고 어긋나려고 아름다워지겠지 나는 여전히 의자에 앉아 있는 것이다

매일 단체사진을 찍는 사람으로

정원의 세계

나는 죽은 척하는 식물들의 이야기를 한다 혹은 죽어가
는 제 몸을 보며 미친듯이 꽃을 피우는 식물의 이야기도 한
다 살찐 벌레 한 마리가 수십 개의 발을 일관되게 움직여 다
른 나무로 옮겨가는 동안 여름에 영혼을 다 바치고 여기서
뭐하세요 죽었는데 죽은 줄도 모르고 무슨 밥을 먹어요 누
구세요 아무도 묻지 않는 건 여기가 그런 세계이기 때문 초
록은 초록을 밀어내면서 초록이 되고 초록으로 전염되면서
초록이 되고 초록은 초록에 붙잡혀 흩어진다 멀어진다 더
는 낭떠러지를 만들고 싶지 않아 죽은 나무들처럼 나는 같
이 놀고 싶어서 혼자 울었는데 여기는 돌아가지 않는 자들
의 세계 갈라지지 않으면 죽는다는 건 이미 다 아는 일 정
원에 갇혀 정원을 만든다 여긴 아무도 없는데 나는 서 있다
서 있는 것들끼리 싸운다 종일 싸운다 싸우다가 지쳐 서로
에게 얹은 손을 치운다 여름의 감옥에 갇힌 지 오래 손금에
서 자라는 무서운 이야기들이 오늘의 양식 버드나무 껍질
에 쓴 문장들처럼 집으로 돌아가지 않는 사람들과 밥을 먹
기로 한다

즐거운 우리집

우리집에 놀러오세요
여긴 날마다 여름
발을 담그세요
그럼 발을 발견할 수 있어요
슬픔은 나누는 게 아니구요
혼자 먹는 여름 같아요
그냥 두어도 잘 자라죠
여긴 공중이 없어요
창문도 없구요
보이는데 갈 수 없는 곳만 날마다 선명해져요
그런 곳만 만들어요
크게 라디오를 켜요
내 것이 하나도 없는 날씨는 좋아요
피가 맑어지면
나는 어떤 연결된 것들과 잠시 멀어져요
기다려보기로 해요
기다림 속에서 기다림을 꺼내요

그러나 아무도 오지 않죠
괜찮아요
아무도 없는 저녁을 마음껏 달려볼 수 있으니
식물과 식물 사이에서
난 쫓기기도 하죠

날 사냥하는 게 무언지도 모른 채
신나서 달아나요
숨이 차서 돌아보면 아무도 없어요
그렇게 하루가 가곤 하죠
모르겠어요
나의 일기는 누군가 모르는 곳에서
적고 있을 거예요
밤은 뱀처럼 온다고
방마다 들어가 운다고

나는 그런 방이 많다고

정원을 파는 상점

우린 서로를 모른다
모른다고 종일 속삭인다
속삭이면서 발을 내어놓는다
발을 내어놓으며
맨발이라고 했다
참 따뜻한 발을 가졌으니
예쁜 모자가 어울릴 거야
그런 세계를 보게 되면 초대할게
모르는 세계는 그런 거니까
어긋나는 게 생활이야
어긋날 수 있다니
어긋나기 위해 사는 거라니
넌 정말 위대한 건축가가 되고 싶구나
자꾸 죽는 것과 자꾸 사는 것이
서로 좋아해서
물고기떼처럼 흘러가는 세계
그런 세계는 잘 모르지만
몇 번 죽으면 갈 수 있을까
나를 아주 가끔만 안아주는 사람이 있었어
안으면서도 몰랐고
몰랐으면서도 안았고
흩어지는 온도를 기록해보고 싶었는데
모르는 것이 생겨날수록

더 아름다워져야 했어
그래야만 했어
그냥 우리는 모르는 일에만 열중하자
모르는 것들 사이로
모르는 것들 조금씩 박아넣으며
모르는 것들을 낳을 때까지

물속 정원

첨벙첨벙
꽃이 피고

드디어 나무에는 물고기가 가득했다

꽃송이 속으로 물고기들이 떼를 지어 쏘다녔고
나는 물 장화를 신고 정원을 쏘다녔다

해당화 그늘 속으로
헤엄치는 날들이 많아졌고
여름이 한참 지난 후에도
나의 놀이는 계속되었다
이렇게 살아도 되는지 몰라서
멈출 수 없는 놀이

매일매일 사라지고 다시 생기는 별의 일에 대하여
날마다 멀어지는 일이 살아가는 일이라는 말에 대하여
잠든 것들의 모든 기척처럼 번지는 핏방울에 대하여

손을 숨길 주머니도 없이

벗어둔 물 장화 속에 물이 가득차서
배처럼 흔들리는 것을

모퉁이를 갖지 못한 채 살아와서라고 할 수 있을까
끝은 얼마나 아파야 제 끝을 다른 끝에게 내어줄까

쓰러져도 자꾸만 떠오르는 이 세계는

4부

한번 더 넘어져요 파도처럼 마지막처럼

사물들

나는 책상에 앉아 있다
너무 오래되었다
앉아 있다는 사실이 기억나지 않는 어떤 보풀 같았다

그리고 조금 가까워진 화분과 창문의 사이처럼

넌 어떤 사물이니

누군가 내게 그렇게 물었다
이 집에 사람이 살지 않은 지 오래되었어
이 집은 그런 것들로만 가득하니까
누군가 그렇게 대답하는 걸 들었다

창문은 창문을 벗어나려고 안간힘을 쓰고 있다
그것은 남의 일
창문의 높이나 계단을 생각하는 일
재미없기는 마찬가지
나는 아름다움이 뭔지 알 수 없고

사물들은 모두 조금씩 다른 곳을 보고 있다
겹쳐 있어도 그렇다
눈물도 없이 살아왔는데 모두 제 울음에 갇혀 있다
그렇다고 믿는 것이다

없는 너를 만져본다
없는 내가 만져진다

너무 잘 만져진다

없다는 건 그런 거니까
그것만큼 분명한 건 세상에 없으니까

그래도 나는 책상에 앉아 있다
흘러내리는 눈 코 입을 보고 있다
나만 모르는 대답을 듣는다

복도의 마음

창밖으로 물고기 한 마리 스윽 지나간다

어디 가?

복도 끝으로
여름이 온다는 말이 좋았다
여름이 와서 나를 데려갈 거라는 말이 좋았다

끝이 끝을 바라볼 때 복도는 완성된다
어느 쪽으로 가야 할지 몰라서 완성되고
어느 쪽으로도 가지 못해서 완성된다
복도와 복도가 나란히 걷거나
간신히 비켜갈 때

아이들은 창문에 붙어서
물풀처럼 느리게 흔들리는 여름을 기다리고
제 그림자를 똑똑 분지르거나
가는 다리로 서서 해가 지기를 기다렸다

물가로만 걷는 습성처럼
뭘 사랑해야 하는지 몰라서
쏟아진 우유처럼
울고 싶은 마음들만 자라고

상처와 불행처럼 가까운 게 또 있을까

뭘 해도 다치는 마음처럼
밤이 오고

큰 배 한 척이
복도로 미끄러지듯 들어와 어디론가 흘러가곤 했다

우리는 여수에서 하루를 살고

　멈추면 다 사라질 것 같아서 쉬지 않고 걸어요 아무리 걸어도 계단은 자꾸만 생겨나죠 동백나무들이 바다에 차례로 빠지는 걸 보면 우리는 삼각형처럼 없는 마음이 생겨나서 밤이 오기 전에 우리 집을 다 짓기로 해요 집에서 살지 않기 위해서 집을 자꾸 지어요 집에는 무서운 꿈이 살아요 죽는 게 무서운 게 아니라 사는 게 무서워서 용서받은 걸 후회해요 서로의 입술에 침을 발라요 그리고 나는 당신에게 끊임없이 속삭이죠 넌 내가 뭘 말하는지 알지 마 멀리 가야 해* 우리는 자꾸 서로의 머릿속으로 손을 넣고 깃발처럼 펄럭이고 싶었지만 그건 다 거짓말 우리가 우리라고 믿고 싶은 것일 뿐 발아래로 바닷속으로 들어간 레일이 보였을 때 우리는 들어가려는 것인지 나가려는 것인지를 몰라서 좀 다치기도 하죠 당신은 완성하지 못한 그림을 말하고 난 그림 속의 얼굴로 웃어보기도 하지만 노래는 금방 끝나죠 당신을 사랑하기 전에 당신을 죽여보고 싶어요 무거운 가방처럼 다시 웃으며 서로의 죽음을 오래 끌고 다니면 언젠가의 동백꽃처럼 툭 떨어지겠지요 그건 다 우리가 놓친 여름의 일 우리는 여수고등학교 가는 고갯길을 지나 걸어요 술을 마시며 술이 없어서 괴로워하고 모든 게 끝이면 얼마나 좋을지를 생각하며 떠올라요 밤을 새우죠 서로의 등을 쓰다듬으며 가위질을 해요 여기 없는 것들에게만 목숨을 걸어요 밤새 비를 맞고 있는 모든 것들의 이름을 부르다 고요해지는 당신을 보면서 처음 오르는 좁은 골목을 오를 때 당신의 손가락이 잘 지내

는지 궁금해져서 자꾸 넘어져요 내일은 내일로 가라고 말해
주고 우리는 내일로 가지 않기로 약속을 하고 한번 더 넘어
져요 파도처럼 마지막처럼

* 디오(Dio)의 노래 〈홀리 다이버(Holy Diver)〉의 일부를 변형
했다.

여수고등학교 가는 길

밤이 되면 해변에 가려고 했다 그건 아름다운 일이기 때문에 잘못하면 우리는 서로를 이해할 뻔했다 우리는 우리가 아닌 채로 나란히 걸었다 동의하지 않는 걸음으로 아플 때까지 걸었다 우리는 나란히 눈동자를 볼 수 없었다 그러므로 당신은 나였고, 나는 당신일 것이 분명했다 멀어지자 멀어질 만큼 멀어지면 우리는 식물처럼 살아갈 수 있을지도 몰라 우리는 어딘가에 도착하지 말아야 한다 서로가 건넨 손은 등뒤에서 빛나갔다 그럴 때마다 우리는 밤이 되면 해변에 가자고 말했다 시장에 들러 손님이 한 명도 없는 식당에서 밥을 먹고 사랑하지 않겠다고 다짐했다 강물인지 바다인지 모를 곳에 서서 담배를 피웠다 여수고등학교는 얼마나 멀까 아이들은 일제히 달려 어디로 가고 싶은 걸까 그러다가 길을 잃고 행복해졌다 알지 않아도 되니까 우리는 갑자기 즐거워져서 밤이 되면 해변에 가자고 말했다 나는 당신에게서 나를 꺼내줄 수 있느냐고 물었다 그런데 말이야 여수는 좀 비현실적이긴 하지 비명을 지르기에는 너무 밝아서 잘못하면 또 이해할 뻔했다 그 아슬함이 만져지지 않아서 손을 잡고 싶었다 팔짱을 껴보는 건 어때 그러면 눈이 멀듯 멀어질 수 있지 않을까 휩쓸려가고 싶은 건지도 몰랐다 약속한 시간이 지나가고 있었는데 여수고등학교는 보이지 않았다 그래도 우리는 밤이 되면 해변에 가려고 한다 저 언덕만 넘으면 해변이 보이거나 끝내 서로를 이해하지 않아도 되는 날씨를 만날 수도 있을 테니

그러니까

　골목을 내려가면 해변이었다 우리는 오해를 주고받으며 즐겁게 웃는다 오해의 체온을 손깍지에 끼우고 미결의 속임수 속에서 우리는 쑥쑥 자라서 무엇이 될까 자꾸만 즐거워지고 있다 갈색 병에 든 알약들의 방향처럼 골목이 꺾일 때마다 집들이 나타났고 그러니까 골목에 대고 난 이래서 네가 좋아라고 말했을 때 당신은 골목처럼 구부러져서 돌아보지 않았다 가로등처럼 깜박이지 마 펼쳐지지 마 내게 도래하지 마 공동체라는 건 모두 없애야 해 그러니까 다시 가려고만 해야 한다 닿으려고만 해야 한다 쓰러지려고만 해야 한다 한 계단씩 해변 가까이 내려갈수록 해변에서 멀어지는 것을 알았다 해변에 가고 싶으니까 나는 끝내 해변에 가지는 않을 것이라고 뭐 어떻게 살아보겠다는 생각은 처음부터 안 했으니까 밤이 오는 걸 알았다면 우린 좀더 멀어졌을 텐데 당신을 통과해서 끝까지 달려보고 싶어서 그런 무질서가 좋아서 동의하지 말기를 멀리는 멀리로 남겨두라고 맨 먼저 말해주기를

유령에게

당신은 빠진 머리카락을 화단에 심었다
다 자랄 거야 다 잘될 거야

비가 오면 비를 맞자 밤이 되면 밤을 맞고 벽처럼 서 있어
보자 비를 비라고 불러보았으니까 밤을 밤이라 불러보았으
니까 우리가 할 수 있는 게 그런 거밖에 없으니까 괜찮지 않
으니까 우린 오랫동안 맨발이었으니까 그러니까 화단에선
꽃이 필 테고 우린 구석에 쌓인 그릇처럼 늙어가겠지 그건
좋은 것이겠구나 서로의 속을 걸어다닐 수 있을 테니 아무
것도 안 하면서 골목 끝에서 오직 기다릴 수 있으니

여름에 잘라 심은 버드나무에서 연두의 혀가 식구처럼 태
어난다 자꾸만 태어나면 어쩌지 버드나무 아기들이 생기
면 어쩌지

노랫소리가 들려
만져볼래?
손바닥 위에서 꿈틀대는 애벌레 같아

모든 노래는 오늘만 살아서 슬퍼

슬프다는 말을 데려와 잘 재워주자
여름이 지난 것을 모르도록

날마다 안녕이라고 말해주자
다 자랄 거야 다 잘될 거야
우리 식구가 될 때까지 이불을 끌어다 덮어줘야지

읽으려고하지마이게다니까다만이제막생기는슬픔만이새
로운것이니까설명하지마유령이면어때죽은듯이입을맞대고
살아있는척노래를부르자물속을지나누군가를깨우러가자어
떠한노력도하지말고그렇게하자

외야수의 기분으로 서 있는 밤

사방으로 빠르게 달리면 열 걸음, 두 개의 언덕을 넘고 악어가 반쯤 잠수한 채 바라보는 늪을 가볍게 지나 신나게 달리는 오토바이를 따라 달려가다보면 그게 내가 지켜야 할 세계 지금 여기로부터 앞으로 갈지 뒤로 갈지는 당신이 정한다 두 번의 계절이 지나듯 비가 오고 눈이 오는 동안에도 당신은 내게 한 번도 안부를 묻지 않기도 한다 그러면 나의 세계는 사방으로 진공이 된다 언제나 늦는 마이 볼처럼 갑자기 나타나는 토끼굴처럼 아무 일도 일어나지 않아서 무서운 밤들이 기차처럼 차례로 들어왔다가 가곤 했다

첫번째 러너는 삼루에 있다
두번째 러너는 이루에 있다
타석에는 왼손을 쓰는 무수한 당신이 서 있다
나는 오른쪽으로 세계를 세 걸음 옮겨놓고
방금 옮겨진 세계의 골목들을 빠르게 짚어본다
꽃 피지 마라
아무 말 하지 마라
문장을 버리고
모두 그렇다 모두 그러하다 그러할 것이다

아무 일도 일어나지 않았다 아무 일도 일어나지 않는 일이 자꾸 일어났지만 나의 세계는 끝없이 움직였다 토끼굴에서 나온 앨리스는 집으로 돌아가지 않고 또다른 토끼굴에

빠졌다 그사이 테라비시아로 들어간 아이들은 힘이 세져서
숲의 지배자가 되었다 그리고 아무 일도 일어나지 않았다

　첫번째 러너는 삼루에 있고
　두번째 러너는 이루에 있고
　타석에는 오른손을 쓰는 무수한 당신이 서 있다
　나는 왼쪽으로 세계를 세 걸음 옮겨놓고
　아무 일이 일어나지 않으면 나는 집에 갈 수 없다고 생각
한다
　꽃은 피어야 하고 필 것이다
　모두 그렇지 않다 그렇지 말아라

　모든 건 너무 멀고
　내게 오는 공을 잡아도 잡지 않아도 당신은 이제 내게서
떠날 것이다 나는 끝내 외야수로 살아가게 될지도 모른다
그게 그렇게 되었기 때문에 슬픈 건 사실이다 그래도 그런
사실이 있으므로 나는 오늘도 외야수가 될 수 있다

좌판의 세계

사과는 오직 달아나려고만 쌓여 있다
어디로든 가야 해서
그때의 얼굴은 반짝반짝 아름답다

그러니까 사과는 사과가 아닌 곳으로

나는 내가 아닌 곳으로

좌판에는 그런 마음들이 날마다 쌓인다

그런 마음들로 기울어지면서

붉어진다

더 혹은
다
반짝인다

사과는 제 속으로
이마를 찧으며
발등을 찍으며
그렇게 붉어진다

달아났는데 여기라니요

자꾸 기울어집니다 기울어짐에 기대어 살았습니다 그렇
게 살아보십시오

반짝이는 것들만 모여 있는

나는 나만 아니면 된다고

하얀 뼛속에 옅은 잠을 주워 담는

지극히 구체적인 그런 날의 세계

오늘 별이 뜨는 이유에 대해

늙은 할머니 앞에서 느리게 걷고 있는 늙은 개

할머니가 멈추고

줄의 곡선이 펴지기도 전에

늙은 개는 멈춰 선다

서로를 바라보지도 않고

가만히 기다리는 시간

흘러가는 시간을 흘러가게 그냥 두는 것

애초에 거기 있었던 마음처럼

할머니가 걸음을 떼자

늙은 개는 동시에 걷기 시작한다

둘은 그렇게 끝까지 곡선이다

왼발은 왼발

오른발은 오른발

구름을 밟고

물위를 걷듯

나는 조용히 구령을 붙여본다

오늘은 참 많은 별이 뜨겠구나

외딴집

여름은 찬란했고 비로소 폐허가 되었다
이제 어디론가 가지 않아도 된다
진화는 그런 것일 수도 있다
다리가 모두 사라질 때까지
두 팔이 어디까지 사라지는지 보려고
사라지는 것이 어디로 흘러가는지 보려고

여름이 외롭고 슬픈 얼굴로 자꾸 돌아보았지만

내 것이 아닌 것들이
자꾸 무언가 되는 걸 보고 있었다
구름 같기도 한
나를 낳은 것들 같기도 한
돌아보면 아무도 없고
쓸쓸하다는 말
그런 말은 미래가 될 수 없었다
무언가가 시작된다면
여기서부터여야 했다

화분을 들이고
온종일 화분에 심겨 있거나
화단에 물고기를 풀어주고
온종일 물고기를 따라다녔다

밤이면 물속으로 걸어들어가는 꿈을 꾸었고
새로운 것은 없지만
새롭지 않은 것도 없어서
여기와 저기가 국경을 걸어서 지나던 밤처럼
어루만질 수밖에 없게 되는 것이다

그래서 슬픔밖에 가진 게 없다는 말은 하는 게 아냐
반쯤 사라진 것들은 또 반쯤 생겨난 것들
진화는 그런 것이 아닐 수도 있지만
마음이 잠시 따뜻해지기도 하니까
그건 너무 쉬운 일이기도 하니까

밤은 정말 거대하고 큰 새가 맞다네

나는 날마다 접혔다 펴졌다
조금씩 늘어났다가 조금씩 줄어들었다
잠시 살았다가 또 잠시 죽었다가 하였다
괜찮았다
거대하고 큰 새는 날마다 나를 낯선 곳에 두고 날아갔다
날마다 조금씩 늦게 왔고 조금씩 빨리 갔다
그것도 좋았다

새의 깃털마다 마을이 하나씩 들어 있다
뼈를 구부려 지은 집마다 불이 켜지고
누군가를 기다리는 사람이 있고
떠나는 사람을 말없이 지켜보는 마음이 있다
그렇게 골목마다 환한 피가 흐르던
우리는 야행성이었다
새의 종족
날개뼈를 숨기고 태어난다

나는 밤이 숨겨둔 무수한 새를 본다
별을 가두고 있는 별처럼
날마다 흩어지고 멀어지며
우리는 같이 잠들고
같이 죽는다

새는 새로 이루어져 있고
새는 새로 갈라져 있다
새가 죽으면 새가 태어나는 밤
죽은 새는 발견되는 일이 없다
건축되는 새
혹은 밤

손가락을 물어뜯으면 무수한 새가 흘러나왔다

5부
돌본다는 것은 그 옆에서 함께 잠든다는 것

해국과 바다

꽃이 피지 않은 해국과 바다에 대해 난 잘 몰라요 몰락하는 것의 기쁨 같은 것과 신발은 좀 작은 것을 사는 버릇과의 관계를 생각해요 내가 갈 수 없는 곳 바로 앞이겠지요 그건 바람의 말 같은 거라서 해국과 바다는 오래 말이 없어지는 사이 새들이 태어나고 자라서 떠나가고 언제부터 아팠던 거니 두 손을 잡고 물어봐야 하는 그런 이야기들처럼 날마다 다시 시작되는 잠에 대해 묻지 않습니다 그러니까 서로의 끝을 잘 안다는 것은 그 끝에 서 있다는 것과 같습니다 멀다는 말을 이해할 때 가장 가깝습니다 그러므로 우리는 돌아갈 곳이 없습니다 밤이 딱 그런 모습입니다 아주 깜깜하게 투명해져서 울고 있었구나 내일을 말하는 자를 경멸하기로 했습니다 그렇구나 그래서 내일이 올 수 있었구나 우리는 그것을 사랑하는 것이라고 쓰자 손바닥에 꾹꾹 눌러쓰자 곧 지워질 것이라고 쓰자 밤바다를 보고 있습니다 지금도 무언가 자꾸 태어납니다 슬픕니다 슬프다는 말이 길게 해안선처럼 펼쳐집니다 고유해집니다 서로에게 기숙하기로 합니다 이름이 뭔지 끝내 묻지 않습니다

식물과 라디오

어떤 소리는 고요하여 방과 방 사이를 시냇물처럼 흘렀다
음악은 아니고 말도 아닌 채 시간이 지나면 리듬도 없이 키
가 큰 식물들 사이로 찰랑거렸다 화분들 사이로 여러 물길
이 생겨났다 바닥이 아니어도 흘렀다 어디선가 많이 부딪히
며 오는 소리가 있다 나에게 하는 말 같아서 귀를 열어둔다
라디오를 듣는 밤 식물들이 안간힘으로 발가락을 밀어올린
다 부드럽게 물결이 스친다 에이 그러지 마 물이 멈춘다 창
문은 처음부터 열려 있었지만 방안에 물이 가득찼다 숨도
가득차서 나는 물결의 흐름을 따라 물풀처럼 조금 흔들린다
난 이런 게 너무 좋아 혼자 밥 먹던 식탁도 물에 잠겨 있다
아무도 없음도 잠겨 있다 엄마는 내게 한 번도 노래를 불러
준 적이 없었다는 걸 이제야 알았다 책꽂이에서 흘러나온
책들이 떠다닌다 물고기처럼 부드러워지는 중이다 기린 인
형이 천천히 거실을 걸어간다 방이 깊어지고 집이 깊어지고
밤도 깊어진다 불을 켜야지 밤은 더 깊어지고 높이는 사라
지도록 화분에선 고사리들이 머리를 좌우로 흔들흔들 아무
도 서로에게 말 걸지 않는다 행복하다 세상에서 나의 쓸모
는 그렇게 지워지거나 생겨난다 훨씬 덜 슬퍼진다

더피, 나의 고사리들

내게 없는 손을 주세요
오늘은 손을 잡고 연두의 세계를 공부하겠습니다
없는 것들에 대해
애초라는 말을 하지 않습니다
그래도 없는 것들은 자랍니다
없는 것들만 자랍니다
그런 밤이 있습니다
그런 밤만 가득합니다
그런 밤의 이마들을 자주 바라봅니다
쓰다듬어줍니다
만져지지 않는데
이렇게 가득해서
없는 것들로 풍요로워집니다
내겐 이런 게 다입니다
그게 가끔 살아 있는 이유가 된다거나
나 없이 연두로 가득한 세계를 천국이라 믿는 이유입니다
너도 나처럼
죽어버려
복 받을 거야
아무도 모르니까
컴컴한 거실에서
레이스처럼 흔들리는
나의 고사리들

잘 자라고
손을 잡아줍니다
쓸쓸함은 기록되지 않아서 쓸쓸함으로 살아갑니다
좀 유치해도 좋습니다 이런 거
우린 숙련공이니까요
이런 밤의 이야기들에 익숙합니다
멀리 갑니다
꽃 이야기가 아닙니다
연두의 없는 손을 공부하는 중입니다
방향도 없이
잘 자라는
이 세계는 그런 세계니까요
아침이면 꿈을 깨는
우리가 되는 그런 세계

화단 이야기를 해보면요

식물들은 이미 제 식구를 데리고 살아요 낭떠러지마다 방을 만들며 새 식구를 들이죠 내가 들어갈 방은 없는데요 그래도 난 기분이 좋아서 이방인으로 살아가요 낭떠러지도 될 수 없다니 내 인생은 다 그런 식이죠 슬플 때마다 화단에 식물들을 몰아넣다보니 슬픔의 모습이 생겨나요 아직은 희미하고 언제나 선명하죠 나는 자주 주저흔처럼 햇살에 앉아 화단을 바라봐요 거미 한 마리가 가장 맑은 얼굴로 활동을 멈추고 내려오는 걸 보고 목젖도 없이 부르는 노래처럼 몸 밖으로 내놓는 울음도 보곤 하죠 세상 다정한 일이죠 같은 방에서 노래를 부르는 일은요 더 친해지면 뭘 해요 버려진들 어때요 무엇이든 우거지면 좋겠다고 생각해요 그건 서로의 인질이 되는 일 같아서 조금 어렵기도 해요 그런 날은 화단의 벽돌처럼 어딘가에 쌓이는 거 같아요 이렇게 떠내려가도 되나 싶고 살아 있는 척하는 것도 참 힘든 일이구나 싶고 비명을 지르는 것도 하찮아져서 늙은 개를 데리고 가는 더 늙은 사람의 뒤를 따라가는 거 같아요 그래도 화단은 열심히 나의 슬픔의 모양을 만들어가요 그럴 땐 얼마나 명랑한지 몰라요 어쩌면 좀 만져볼 수도 있을 거 같아요 슬픔이든 명랑이든 그게 뭐 다를 거 같지는 않아요 그래요 사실 식물들은 늘 문을 열어두고 잠을 자요 스윽 슥 들어가서 잠을 자고 나와도 모른 척 눈감아주겠죠 그러면 함께 슬픔의 모양이 될 수도 있겠다고 생각하곤 하죠 넘어졌을 때 할 수 있는 일이라는 게 발을 오래 만져주는 거라는 걸 화단은 알

고 있으니까요

나는 날마다 꽃집에 간다

사라진 대륙의 어디쯤에서
부드러운 빵 속에서 오래 잠든 아이들처럼
가지마다 잎사귀마다 연두의 손가락들이
특별한 피가 되는 곳
동화 속 아이들이 읽는 동화를
훔쳐보는 일이라면
나는 언제 등장합니까
자꾸만 오줌이 마렵고
발목이 간지러워지는데
어제와 똑같은 시간
날마다 반복되는 오늘의 슬픔만큼

조금 천천히 죽어가는 식물을 주세요

너무 멀리는 가지 말라고
참새 혀만한 입으로
그렇게 말해줄 식물을 주세요
몸을 오래 핥다보면
나도 어떤 식물이 될 수 있을까요
초록의 괴물이 되어 몸속으로 숨어버릴 수 있을까요

죽은 꽃나무는 왜 치우셨어요

멈춘 시계의 시간 속에서
꽃이 운행하는 행성들의 소리
고요한 건 소리가 없는 게 아니라
그 소리밖에 들리지 않는 것이어서
별이 태어나듯
꽃집의 동화는 조금씩 완성된다

눈먼 나를 데리고 가서는 다시 오지 말아주세요

식물의 밤

피가 붉어지는 밤
발등을 문지르며
참 멀리도 왔다는 생각

목젖이 자라고 있다

커다란 식물이 사는 방에서
같이 잤다

아무 일도 없었다
아무 일도 없이 지난 밤이 쌓이면
등을 만지는 손가락이 된다
그러니까 이것은 해안이 조금씩 길어지는 이야기였나
멀어져서
걸어가야 할 곳이 더 많아진다는
식물들과
그런 대화를 한다

그냥 죽기로 작정한 식물들에게
책을 읽어준다
잠들지 마
우리의 독서는
목구멍 속에 손가락을 넣어 부르는

또다른 망명지 같아서
날마다 허기로 가득한 기후가 되는 곳
그건 누군가
일생을 다해 만든 슬픔

아무데도 가지 마

해국

해국이 입을 꾹 다물고 있다
해국이 해국 바깥과 해국 안쪽을 범람한다
잎사귀들이 차례차례 해안선을 넓혀가던 밤이 있었다는
말
무성한 것들 속에는 별도 몇 개쯤 떠 있을지 모르는데
줄을 잘 맞추지 못하고 걸어가는 아이들처럼 명랑하다

눈도 맞추지 않고 무질서해진다

마당에 앉아 해국과의 거리를 바라보면
먼 곳부터 따뜻해진다
초록해진다
해변의 놀이는 그런 것
죽고 못 사는 것
화단이 쾌활해져서
해국과 나는 기분이 좋아진다

고요와 고유의 범람

그 사이에서
오늘 하루를 다 살 테지
해국으로 살러 가겠지
잘 있느냐는 엽서가 날마다 도착한다

해국은 점점 넓어지는 영토
나는 착한 백성처럼
엽서를 창문에 붙여놓고 좋았다
잘 있지
돌본다는 것은 그 옆에서 함께 잠든다는 것
함께 잠드는 것을 기억하지 못하는 것
꿈 같은 거 없이도 살이 붙는 것

낮으로부터 밤으로의 오랜 안부처럼
먼저 글썽이던 문장들
무질서하게 좋을 때
해국이 온다

코로키아*

죽은 식물은 귀신 같아
라디오를 틀어주었다
화분들 사이로 냇물이 생겨난다
무언가 생겨난다는 것은 또 슬픈 일이 될 게 분명하다
지금까지의 생이 그랬으니까
함께했던 시간들이란 얼마나 넓은 감옥이 되는가
그런 거 빨리 버리라고 했다
그런 거 빨리 버리고 나면 나는 남는 게 아무것도 없어요
그렇게 말하는 나를
일요일처럼 바라보는 습관
그래도 거기 있는 거 맞지요
그건 알아도 모르고
몰라도 알게 되는 슬픔
그런 거라면
놓지 말고 움켜쥐어야 하지
겨울은 그렇게 오랫동안 만들어지니까요
그런 겨울을 갖고 싶은 꿈이 있었는데요
오늘은 아무것도 만들지 않기로 합니다
보세요
냇물은 여전히 흐르고
머리를 물속에 담그고 있는 물고기처럼
파국은 지금도 어디선가 소리 없이 자라고 있어요
그런 아름다움이라면

좋아요
물고기 뼈 같은 가지마다 엉힌 죄의 목록들을
하염없이 사랑한다고 말을 하는 나를
부디 나무라지 마시길요

* 뉴질랜드가 원산지인 야생화.

필로덴드론 레몬라임*

너는 두 발을 물속에 담그고
사라지는 발을 보며
웃었다
그런 노래를 불렀다
노래는 사라지는 걸 좋아해서
어딘가 사라진 것들끼리만 모여 사는 그런 데를 가려고 해
여기가 거기는 아니니까
나는 아직도 사라지지 못해서
슬프다는 그런 뻔한 이야기를 하려고 했는데
너는 자꾸 웃기만 하니
나도 나란히 발을 담근다
사라진 발이
토끼털처럼 축축하게 젖어서
축축함이 사라지도록
그것에 쏟아져내릴 마음으로
다시 노래를 불렀는데
너밖에 없다는 건
마주잡을 것이 하나도 없으니까
그건 조금 외로운 건가 생각해보기도 했는데
오래 쓰다듬은 것들은
사라지거나 살아지거나
벽에 걸린 외투처럼 손이 없어서
갑자기 발견되기도 하지만

모든 건 다 사라지는 이야기
그런 이야기로 밥해 먹는 이야기
자꾸 사라지는 네게로
나를 조금씩 옮겨놓는 이야기라면
우린 두 발을 물속에 담그고
사라지는 발을 보며
웃을 수 있지
사라지는 것들의 모양을 따라 해보며
함께 외로워도 된다는 이야기일 뿐

* 천남성과 식물.

백합의 일상

딱히 뭘 할 생각은 없어요

그래도
있으니까요
있을 거니까요
있는 일에도 최선은 필요하고요

내게서 뭘 찾지는 마세요
그런 거 하나도 없어요
같이 살자는 말
어렵죠
함께 아프자는 말
어렵습니다
그러니까
그렇게 여름이 다 지나갔단 말인 거죠

절반은 없어서 그래요
아픈 데 그게 좋아서 그래요

울고 싶은 만큼 빈방이 늘어가요
미안한 일이 많아서
더 그래요

놓여 있다와 놓여난다는 말을 좋아해요
이젠 그 말에서도 놓여나고 싶은데
아직 이렇게 있어요
제 방으로 들어오세요
난민들이 가득한 바닷가를 상상한다면 맞습니다

돌아갈 곳 없는
생애도 나의 것이니
제가 뭘 알겠어요
갈 곳이 없다 생각하면 어디든 갈 수 있을 테니
당신은 위로 자라고
나는 아래로 자라면 만나게 되겠지요
그게 세상의 일이라면
좋아요

화단에 손톱을 심어요

하루종일 라디오 소리가 들려요 기린이 되고 싶다거나 랍스터가 되고 싶다고 말하는 아름다운 소년들처럼 저마다의 조심성으로 초록의 연대기가 시작되는 곳 같이 살기로 작정하지 않았지만 같이 살다 같이 죽는 일 있죠 이렇게 말하면 이런 문장들은 외롭습니다 오늘의 화단은 늘 그런 이야기들뿐입니다

서로 다른 언어들이 서로 다른 몸으로 들어가 눕습니다
물이 흘러
조금씩 몸이 생깁니다
서로의 몸으로 옮겨집니다
그런 저녁이 있었습니다
누가 누굴 꿈꾸었다 말하는 것은 불가능해지고

이젠 돌아갈 수 없이 멀어진 집이 있습니다
집들이 모여 마을이 됩니다
마을은 번성하고
천국이 되어갑니다
내 몸속엔 그런 마을이 여럿입니다

나는 화단에 살기로 합니다
모르는 이웃들이 즐비합니다
그들은 낯설고 무모하며

골목을 만들지 않습니다
내게 죄가 있다고 말합니다
손가락을 빠는 혀처럼
날마다 도착하는 외부는
따뜻하고 위험하고
비밀은 소문이 되고 싶어 죽을 지경입니다

병든 것들 옆에 나란히 누워보세요
사는 거같이 살아보는 게 소원이었으니
아무도 모르게 죽은 몸을 배웅합니다
배회합니다
내가 참여할 수 없는 동화입니다

생각이 깊어지고 있습니다
생각으로부터 더 멀리 물러나세요

올리브나무는 나의 뒤에서 오래 울어주었죠

올리브나무 아래 물고기들이 부드럽게 헤엄치고 있다 어
딘가를 떠나온 사람들 같아서 조그만 화분에서 물에 빠져
죽은 나무들이 붉은 꽃들을 뱉어낸다 여기까지여도 괜찮아
그만두어도 돼 늘 끝에만 매달려 사는 일이 참 그래 그래도
그러지 말고 같이 가자고 말해주는 사람들처럼 그 사람들은
어디에도 도착하지 말아야 할 텐데 아직도 슬플 땐 잠을 자
는구나 이제 다 왔는데 여긴 아무도 없고 둥글게 모여 앉아
보자 오직 울기 위해서 죽은 사람은 울지 않으니까 어떻게
든 같이 살고 싶었는데 그런 물방울이 우리집에 가득하다
나는 날마다 그런 물방울을 뿌리는 사람 그만 살아도 될 거
같아 엎드려 자는 것도 그만하고 잘 지내라는 말을 아직 못
했지만 화분에 물을 주면 비밀들도 물에 잠길까 머리카락
사이에 손가락을 넣으면 모든 죄가 선명해졌다 비밀은 모두
가 바라보는 그 자리에 있는 법이니까 여름이 끝나기 전에
말해줘 그게 여름만 기다린 사람에게 할 말이니 올리브나
무 뒤로 올리브나무 종일 그 옆에서 무슨 주술처럼 비명처
럼 나뭇잎들을 세어본다 올리브나무와 올리브나무 사이를
만져본다 그 사이로 무엇이 만져진다는 건 정말로 길을 잃
었다는 말 이젠 어떤 추방도 이해할 수 있을 것 같았어 올리
브나무 아래 물고기들이 왜 그렇게 부드럽게 헤엄을 치는지
세상 모든 것들이 그렇게 따뜻하게 보일 때가 있다는 것을

슬픔으로 건축한 존재

박동억(문학평론가)

1. 단호한 슬픔

열렬한 사랑이나 맛있는 식사에 집착하는 것은 마음에 사로잡히는 일일지 모른다. 철학자 스피노자는 마음이 곧 사람을 예속시키는 힘이라고 믿었다. 그는 자유롭기를 바랐다. 굳건한 이성으로 사유하고자 했던 그는 유대교를 거부했기에 그가 속한 공동체와 가족으로부터 추방당했다. 슬픔과 고독은 그를 괴롭게 만드는 것이었으며 기쁨은 감미롭지만 헛된 것이었다. 그는 대부분의 철학자가 그렇듯 이성으로 바로 서는 순간, 마음으로부터 초연해지는 결단의 경지에 도달할 수 있다고 믿었다. 하지만 끝내『윤리학』에서 스피노자는 사람은 사람의 마음을 벗어나서는 안 된다고 결론 내린다. 사람은 욕망하고, 기뻐하며, 슬퍼해야만 한다. 왜냐하면 그 모든 감정이 타자와의 관계 속에서 발생하는 것이기 때문이다. 타자를 관대하게 받아들이는 것이 윤리라면, 타인에게 충분히 다가가고 그로 인해 마음이 흔들리는 것이 윤리의 제일 원칙인 셈이다.

그러므로 출발점은 충실함이다. 요동치는 감정을 직시하는 것. 이는 시인 스스로가 택하는 의무이기도 하다. 자신의 마음으로부터 눈 돌리지 않는 자, 오롯이 자신의 마음으로서는 자가 시인이라면, 이승희 시인은 자신의 오랜 슬픔에서 한 번도 눈 돌린 적 없었다. 1997년 등단한 이래 스물일곱 해에 걸쳐서, 그러니까 첫 시집『저녁을 굶은 달을 본 적이 있다』(창비, 2006)부터 이번 시집에 이르기까지 시인은 자기 안의 슬픔을 응시하고 증언해왔다. 그의 첫 시집은 어린 시절 '나'를 길러준 누님을 찾아가는 시로 시작한다. 누님은 그사이 방직공장에서 일하는 열아홉 살 소녀가 되어 있다. 그의 청춘을 빼앗아가는 공장이 '나'는 밉다. 고된 노동으로 하루를 살아내는 그가 가엾다. 슬픔은 자기 성찰로 옮겨간다. 시인은 학생운동 때 던져지는 돌멩이처럼 세상을 바꾸기 위해 투신하지 못하는 자신의 삶이 아프다. 농부들의 손길이 길러내는 땅속의 감자처럼, 그늘 속에서 부드러워지기만 하는 마음이 부끄럽다. "내 마음 쓰러져 오래 묻히면 여기서도 씨눈이 생길까"(「라일락 피는 그 집」,『저녁을 굶은 달을 본 적이 있다』). 슬픔을 충분히 견디면 희망이 자라날까. 이것이 이승희 시인이 첫 시집에서 던진 질문이었다.

하지만 그의 두번째 시집 『거짓말처럼 맨드라미가』(문학동네, 2012) 또한 여전히 슬픔의 노래였다. 슬픔은 오히려 깊어지기만 했다. 이미 죽은 나무처럼, 문드러지는 토마토처럼, 새들이 떠난 자리처럼 마음은 그저 남아 있을 뿐이었다. 무엇에 마음을 다해야 하는지, 어디로 떠나야 하는 것인지 좀처럼 답을 구하지 못한 채 차츰 그의 시는 그늘로 기울었다. "물이 상처의 집을 짓고 있다./ 그러므로 물을 들여다보는 일은 상처일까 위로일까 나는 종일 물을 들여다본다."(「맨드라미 피는 까닭은」,『거짓말처럼 맨드라미가』) 이처럼 슬픔만이 유일한 선택지로 주어졌다.

세번째 시집『여름이 나에게 시킨 일』(문예중앙, 2017) 또한 마찬가지였다. 때론 혼자 남은 식탁처럼, 잠긴 문처럼, 아니 온 세상을 뒤덮는 여름처럼 슬픔은 왔다. 그는 익명의 도시나 공장에서 일하는 외국인 노동자를 살피기도 했다. 그러나 시인이 그러한 타인의 흔적이나 타인에게 시선을 건넨 이유는 그들 또한 슬픔의 물기를 지니고 있기 때문이었다. 슬픔은 그가 머무는 장소였고 시인은 그곳을 떠나지 않았다. 시인은 자신이 살아 있는 동안에는 슬픔이 끝나지 않으리라고 여겼다.

어째서 그는 슬픔에 사로잡힌 것일까. 그의 시는 이러한 물음에 대한 답을 제시하지 않는다. 그의 시는 슬픔 이후가 아니라 슬픔 한가운데에 있는 것만 같고, 그는 숨을 고를 수 있는 평온에 도달하지 못한 듯하다. 시대의 향수나 이별의 흔적은 고통에 잠긴 혀끝으로 잠깐 암시될 뿐이다. "여긴 날마다/ 가설무대/ 어제는 오늘에 닿지 못해요"(「미끄러지는 세계」,『여름이 나에게 시킨 일』)라는 시구처럼 막막한 설움이 시인의 목소리를 장악한다. 모든 시어가 내면이 무너지는 소리처럼 들려온다. 그의 시에 가득한 물기는 사회가 요구하는 건강한 마음, 즉 슬픔을 '이겨내려는' 의지를 표현하지 않기 때문에 징후적이다. 스피노자에게 슬픔은 경계해야 할 정서였다. 기쁨은 존재를 더 나은 것으로 탈바꿈할 수 있게 하지만, 슬픔은 존재를 왜소하게 만들기 때문이다. 그러나 이승희 시인은 그에게 주어진 슬픔을 이겨내려 하지 않는다. 차라리 "멈추지 말고 몰락해버릴 때까지"(「폐허는 언제나 한복판에서 자라고」, 『여름이 나에게 시킨 일』) 슬픔을 향해 나아간다.

　사람의 공간에서 함께 살아가는 식물들은 사람이라는, 사람의 환경이라는 악조건을 받아들이고 살아간다.
　그래서 서로 위로할 수 있다.
　사람 또한 이 세계라는 그런 악조건을 살고 있는 존재 아닌가. 그런 둘이 제 모양을 살펴주며 위로하며 살면 얼마나 좋은가, 그런 생각뿐이다.[1]

시인의 다정한 문장 속에서 은연중에 배어나오는 것은 단호한 슬픔이다. 시인은 사람과 식물이 닮았다고 쓴다. 그는 상처를 거처로 삼고, 상처를 응시하는 삶의 자세를 식물에서 발견한다. 그리고 화분 안의 식물이 자신과 함께 살아가는 사람을 견디듯, 사람 또한 제 존재 안에서 세상을 견딜 뿐이라고 말한다. 여기서 단언하듯 표현되는 것은 "제 모양"을 벗어날 수 없는 운명의 "악조건"이다. 사람과 함께 사는 식물이 사람의 영향을 피할 수 없듯, 사람은 세상을 벗어날 수 없다. 그렇기에 식물과 사람이 서로 기대고 있을지라도

---

1) 이승희, 『어떤 밤은 식물들에 기대어 울었다』, 폭스코너, 2021, 22쪽.

이승희 시인이 그리는 슬픔의 세계에서 두 존재는 공감 불가능한 마음을 지닐 수밖에 없다. 식물은 식물의 몫을, 사람은 사람의 몫을 견딜 뿐이다. 슬픔은 오롯이 그 자신의 몫이다.

이처럼 첫 시집부터 이승희 시인이 지극하게 대해온 것은 이해되거나 공감될 수 없으며, 따라서 쉽게 형언할 수 없는 슬픔이었다. 더 나아가 단지 존재의 감정이 아니라 존재를 이루는 근원적 정서로서의 슬픔이었다. 마찬가지로 스피노자는 인간의 모든 행위능력을 가능케 하는 조건은 이성이 아닌 정서이고, 모든 정서를 형성하는 일차 정서가 슬픔과 기쁨이라고 주장한 바 있다. 하지만 기쁨에 눈을 둘 때 자유로운 존재가 될 수 있다고 믿었던 스피노자와 달리, 이승희 시인은 슬픔을 지속함으로써 가능한 관계에 대해 이야기한다. 슬픔의 원인을 밝히고 극복하는 탐구가 아니라 슬픔에 몰입하는 여정, 스피노자의 표현을 빌린다면 '더 큰 완전성으로 이행하는' 기쁨이 아닌 '더 작은 완전성으로 이행하는' 슬픔을 기꺼이 받아들이는 마음을 보여주는 것이다. 그렇다면 이 오롯한 슬픔은 무엇에 닿을 수 있는가. 이번 시집을 읽으며 간직해야 하는 물음은 이것이다.

2. 슬픔의 구도

먼저 두드러지는 것은 식물의 형상이다. 작약, 버드나무,

미루나무, 수국, 동백꽃, 코로키아 등 시인이 애정하고 마음을 기대었을 식물의 이미지가 풍부하게 등장한다. 다르게 말하자면 이 시집에서 교감은 식물의 방식으로 행해진다. 식물의 보폭으로 세상을 거닐고, 식물의 피부로 상처를 받아들이며, 비로소 식물의 마음으로 무성해진다. 따라서 꽃의 아름다움과 별개로 그의 시에서 식물의 이미지가 암시하는 것은 수동적이고 내향적인 존재의 모습이다. 이 세상에서 '나'는 주인공이 아니라 다만 "지나가는 풍경"이거나 "사라진 풍경"인 것만 같다(「물속을 걸으면 물속을 걷는 사람이 생겨난다」). 슬픔의 물기는 맺힐 뿐 흘러가지 않는다. 시인은 "몸이 꽉 채워지는/ 그런 온도의 슬픔/ 그런 기쁨으로// 피를 흘리는 중입니다"(「물과 뱀」)라고 쓴다. 이렇듯 물기로 가득찬 그의 시집 속에서 근원적인 식물의 형상은 물가에 서 있는 버드나무인 듯하다.

코끝이 수면에 닿을 듯했다. 물 밖에서 물고기들이 버드나무 잎 속으로 하나둘 들어가고 있었고, 또다른 잎에서는 버드나무 잎에서 놓여난 물고기들이 하나둘 물속으로 잠겨들기도 했다. 아주 오래된 이야기처럼 혼곤했다. 버드나무에 바람이 불면 물속과 물 밖이 마주보며 함께 흔들렸다. 오래전 연인처럼 반짝였고 세상에는 오직 그 모습만 있는 것 같았다. 세계의 끝은 아닐까 생각하다가 따스하고 무료해서 마치 내가 살아 있는 것 같았다. 몇몇 사람들이 찾아와서 물가에 오래 서 있었다. 알 것 같은 사람이 있었고, 처음 보는 사람이 있었다. 그들은 아주 멀리 바다를 지나가는 배처럼 깜박이며 알 수 없는 이국의 말로 이야기했다. 내가 물속에 있다는 걸 모르는 것 같았다. 나는 여전히 버드나무 아래에서 버드나무 잎사귀에 부서지는 햇살을 보고 있다. 눈부셨다. 눈부신 이것이 아름다운 것일까 생각했다. 한 번도 눈부신 적 없는 생이 자꾸 어딘가로 가려 했을 때 나는 햇살을 보고 아팠고, 바람을 보고 슬펐다. 아름다운 것과 아름답지 않은 것을 나눌 수 없으니까. 누구도 그래서는 안 되는 거니까. 아직도 아름다움이 뭔지 알지 못한다. 아름다운 것은 내 것인 적이 한 번도 없었으니까. 나는 어떻게든 있고 싶었는데 나는 어떻게도 없었다. 버드나무 잎사귀 하나 허공으로 툭 떨어진다. 이제 끝인 줄 알았는데 아직도 가야 할 곳이 남았을까. 밖은 여전하구나. 버드나무는 잠을 자면서도 물속과 물 밖의 풍경을 꼭 쥐고 있다. 나는 다시 집으로 돌아가야 한다. 물속으로는 어떤 길도 보이지 않는다. 멀리서 흔들리고 있을 촛불을 향해 나는 물속을 지나가고 물속은 나를 지나간다.

　　　　　　　　　　　　　　　—「버드나무는 잠을 자고」 전문

이 시에는 냇가에 기다란 줄기를 드리운 버드나무 잎사귀로 물고기가 들어가고 나오는 환상적 이미지가 제시된다. 그건 수면에 비친 버드나무 잎의 그림자와 물속의 물고기가 포개지는 장면일 수도 있겠다. 그런데 이 정경이 "오래전 연인처럼 반짝"인다는 비유나 "세계의 끝은 아닐까"라는 상념과 연결될 때, 이것은 시인이 그리는 하나의 실존적 풍경임을 깨닫게 된다. 버드나무의 의미를 구한다면 답은 어렵지 않다. "버드나무 잎사귀에 부서지는 햇살"과 "바람"이 아프고 슬펐다고 시인은 쓴다. 따라서 버드나무는 고통과 슬픔에 잠긴 시인의 실존적 형상이다.

조금 더 섬세하게 이해하려면 이렇게 질문할 필요가 있다. 왜 시인은 슬픔을 구태여 '물속'과 '물 밖'이라는 두 개의 공간으로 구획하여 바라보는 것일까. 시의 진술을 따라가면 이런 공간은 다소 신비롭거나 모호하게 느껴진다. 잎사귀이거나 물고기인, 물 밖이거나 물속인, 현실이거나 환상인, 아름답거나 아름답지 않은 이중의 풍경을 한꺼번에 "꼭 쥐고 있"는 하나의 버드나무가 있다. 실상 이 시의 모든 시어는 슬픔의 객관적 상관물로 읽힌다. 그렇기 때문에 이 시가 '물속'에서 어떠한 길도 찾지 못했다는 문장으로 마무리되는 것은 의문을 갖게 한다. 어쩌면 '물 밖'에 다른 길이 존재한다는 것일까. 물 밖으로 나간다면 그가 '집'에 도착할지도 모른다는 뜻일까.

그러나 이 시가 희망이나 회복을 노래하는 것처럼 보이지는 않는다. 버드나무가 등장하는 다른 작품들에서도 슬픔을 극복할 수 있다는 믿음을 찾기는 어렵다. 도리어 공간의 구획은 슬픔의 심화를 표현하는 듯하다. 「밤배」에서 시인은 이렇게 쓴다. "강의 이쪽과 강의 저쪽처럼/ 죽은 생에 나의 생을 겹쳐둔 것 같다/ 흐르는 것들은/ 흐르는 것들에 붙잡혀/ 붙잡힌 것으로 흘러갈 수 있다". 이제 슬픔은 '죽은 생'으로까지 흘러들어간다. 삶의 이편을 사로잡은 슬픔이 삶 저편의 죽음 충동으로까지 뻗어나간 것이다.

또다른 자연물인 '작약' 또한 마찬가지다. 「헤어진 후」에서 "비로소 물속에도 꽃이 피"는 순간이 암시되지만, 이윽고 찾아오는 것은 "절망의 아름다운 밤"이다. 「물속을 날아다니는 나비를 보면」에서도 "아무 말 없이 헤어진 사람이 생각났다 누군가의 무덤이 되고 싶다는 생각을 하면 물속에서 꽃이 핀다고 그럴 수밖에 없다고 믿었다 그런 믿음으로 나는 지금 물 앞에 앉아 물을 보는 마음을 생각한다"라고 시인은 말한다. 결국 이별의 슬픔은 "누군가의 무덤"이 되려는 충동으로까지 이어진다. 물 밖과 물속의 구획은 죽음까지 떠올리는 마음을 한 걸음 뒤에서 들여다보고 있는 이 고통스러운 실존을 형상화한다.

이승희 시인이 그려내는 서정적 풍경은 일견 아름답지만 곱씹을수록 고통스럽다. 단지 그의 시가 죽음 충동을 내포하고 있기 때문만은 아니다. 그의 시에서 고통이 느껴지는 이유는 슬픔으로부터 달아나려는 진실한 몸짓이 드러나 있기 때문이다. 작약과 버드나무가 물가에 놓인다는 점을 강조하거나, 자신을 물속에 잠긴 잎사귀가 아닌 "이제 막 물

속으로 잠기려는 잎사귀"(「나는 버드나무가 좋아서」)라고
말하는 것은 중요하다. 결국 작약과 버드나무라는 자연물을
빌려 실존적 형상을 그려내는 것도, 물 밖과 물속을 구분하
는 것도 시인이 자신의 고통으로부터 한 걸음 뒤로 물러나
기 위한 수사법이다. 버드나무에 자신을 투영할 때 시인은
슬픔으로부터 거리를 둘 수 있다.

3. 오롯함

이승희 시인의 시에서 화자는 자신이 직접 겪은 슬픔을 증
언하면서 동시에 그것을 목격하는 위치에 있다. 시인은 「초
록 물고기」에서 버드나무를 바라보며 "어느 저녁/ 나도 툭
놓여나겠지"라고 쓴다. 시인이 예민하게 지각하는 서술어
는 '놓이다'이다. "버드나무 잎에서 놓여난 물고기들"(「버
드나무는 잠을 자고」), "물속으로 놓여난 물고기"(「나는 버
드나무가 좋아서」) 등의 이미지뿐만 아니라 "놓여 있다와
놓여난다는 말을 좋아해요"(「백합의 일상」)라는 분명한 진
술에서 '놓이다'라는 동사는 중요하게 다뤄진다.

시인은 이렇게 묻는 듯하다. 어디에 마음을 놓아둘 것인가.
이러한 질문 속에서 시인은 세상에 놓인 '나'의 위치, 슬픔
과 '나'의 구도를 끊임없이 바꾸면서 슬픔이라는 주제를 다
채롭게 변주해나간다. 때론 슬픔으로 깊이 침잠하고, 때론

슬픔의 습지를 바깥에서 들여다보면서 이 시집의 독특한 목소리가 생겨난다. 그리고 놓이고 놓아주는 이 슬픔의 운동 속에서 하나의 확고한 사실은 시인이 슬픔의 곁을 벗어나려 하지 않는다는 점이다.

　　물속에 오동나무를 심는 마음이 있다 연꽃도 그런 마음 모란도 그런 마음 오리 두 마리도 그런 마음이어서

　　가만히 헤엄을 치게 하였다 그런 마음을 싣고 돛단배가 온다

　　마음에 무엇을 들이는 마음 그런 마음이 더욱 따뜻하여 소나무가 자란다 바위 속을 지나 지붕 끝을 지나간다 머리가 붉은 해에 닿고서야 편안해진다
　　지붕에는 매화꽃이 피었다 잘 모르는 마음인데 잘 알 것 같은 마음이다 마치 씨앗이 백 개나 된다는 유자가 막 벌어진 것 같은데 어떤 논리 없이도 알 것 같다 이를테면 지금 여기는 너무 멀고 멀리 거기는 지금 내 앞에 와서 머무는 것 그런 것처럼 없는 이가 자꾸 나를 보러 오는 것이니

　　물속에
　　연꽃은 연꽃이 아니고 모란은 모란이 아니고 복숭아는 복숭아가 아니어서

내가 여기에 있는 것
그리고
거기서부터 걸어와야 하는 것
그리고 나를 지나가야 하는 것

높은 누대
푸른 기와
오색 꽃구름을 밟으며 오시라고

붉은 문을 열어두었다
슬픔을 마음껏 열어두고
폐허가 한없이 늘어나 반짝였으므로

작약이 피었다

　　　　　　　　　—「어떤 마음에 대하여」 전문

　이 시에서는 '물속의 정원'이라고 부를 수 있을 법한 이
미지가 먼저 제시된다. 오동나무와 연꽃과 모란을 심고 오
리 두 마리를 기르기를 바라는 마음에 대해 시인은 '따뜻하
다고' 말한다. 더 나아가 '편안하다고' 표현한다. 시에 표현
된 정경은 "높은 누대/ 푸른 기와"로 이루어진 한 채의 정
원이라고 할 수 있다. 그런데 이어지는 시의 후반부는 의미
를 반전시킨다. 시를 읽어나가면 '따뜻하다'와 '편안하다'

라는 표현이 역설임을 알 수 있다. 왜냐하면 시의 말미에서 이 마음의 실체가 곧 "슬픔"이자 "폐허"임이 드러나기 때문이다. 이 시는 활짝 열린 "붉은 문"과 피어나는 "작약"의 이미지로 마무리되는데, 활짝 열린 이 슬픔의 정원은 결국 그 어떤 슬픔이라도 받아들이겠다는 의미로 읽힌다.

그 무엇을 향해서든 열린 문. 따라서 이 시의 '어떤 마음'이란 자신의 슬픔을 오롯이 감내하겠다는 결단으로 다가온다. 그렇기에 "내가 여기에 있는 것/ 그리고/ 거기서부터 걸어와야 하는 것/ 그리고 나를 지나가야 하는 것"이라는 문장은 아프다. "거기서부터" "나를 지나"갈 때까지 슬픔을 견디는 자세로 읽히기 때문이다. 그런데 의문이 뒤따른다. 그렇게 슬픔을 견디고 나면 무엇이 올 것인가. 이 시의 흥미로운 점은 슬픔 이후를 떠올리지 않고 있다는 것이다. 시인은 오히려 슬픔을 '지나가는' 것으로 그려내고 있으며, 슬픔 속에서도 따뜻함과 편안함과 광활함과 반짝임을 묘사하는 데 주력한다.

실상 이 시집 전체에 대해서 똑같이 물을 수 있다. 시인은 어째서 슬픔을 극복하려고 하지 않는가. 「안방 몽유록」과 「건설적인 생활」에서도 이러한 역설은 반복된다. 슬픔을 '지나간다'라는 표현은 일반적으로 슬픔을 이겨낸다는 의미이지만, 이승희 시인의 시에서는 슬픔을 지난 뒤에 다시 슬픔으로 되돌아온다는 의미를 갖는다. 이 시집에는 "말을 잃고/ 자라는 버드나무처럼/ 언제나 그랬던 것처럼// 모란을 지나 걸어가는 사람"(「안방 몽유록」)이 있을 뿐이다. 더 나아가 "건설적으로 죽고 싶어한다는 걸 믿어도 되나요"라고 반문하는 징후적 목소리가 생겨나고, "우리는 언젠가 이국의 세계를 걷게 될 것"(「건설적인 생활」)이라는 불확실한 기대를 품을 뿐이다.

4. 비운 자리

이렇게 표현할 수 있겠다. 슬픔이라는 원자(原子)가 있다. 어쩌면 이승희 시인의 시에서 가장 깊은 감정은 슬픔이 아니라 고독일지도 모른다. "슬픔은 나누는 게 아니구요/ 혼자 먹는 여름 같아요"(「즐거운 우리집」)라는 진술처럼, 시인에게 슬픔은 '나눌 수 없는' 것이다. 당신과 나는 서로의 슬픔에 닿을 수 없다. "당신은 당신을 만지고 나는 나를 만"(「망자들」)질 뿐이다. 이승희 시인에게 슬픔은 마음 가장 깊숙한 곳에 타인은 이해할 수 없는 사적 언어로 존재하는 듯하다. 따라서 그가 그려낸 슬픔의 세계에서는 공감도 연민도 작동하지 않는다. 다만 오롯이 내 것인 슬픔이 있다. 또한 시인은 슬픔의 원인을 타인과의 관계나 역사적 상황 속에서 찾아내려 하지 않는다. 이는 슬픔의 속성과 관련이 깊다. 슬픔은 슬픔으로부터 눈 돌리지 못하게 만든다. 세상과 타인에게 눈 돌리지 못하게 하는 슬픔의 인력이 있다.

슬픔에 빠진 자신밖에 돌볼 수 없다는 것, 이 조건에 기대어 가능한 것은 극도의 자기반성이거나 자기부정이다. 무엇보다도 이 자기부정은 이성에 기초한 것이 아니라 슬픔이라는 감정에 기초한 것으로, 타자에 의해 자기 존재가 부정되거나 대체되는 상황을 받아들임으로써만 가능하다. 브라이언 마수미는 『정동정치』에서 신중하고 명확한 논리에 기초하는 연역과는 달리 오직 정서에 의존하여 결론을 이끌어내는 직관적 사유를 '귀추(abduction)'라고 칭하는데[2], 마찬가지로 이승희 시인은 존재의 자유를 무(無)에 가깝게 만드는 상황 속에서 자아의 가능태를 귀추하고자 한다.

사물들은 모두 조금씩 다른 곳을 보고 있다
겹쳐 있어도 그렇다
눈물도 없이 살아왔는데 모두 제 울음에 갇혀 있다
그렇다고 믿는 것이다

없는 너를 만져본다
없는 내가 만져진다

너무 잘 만져진다

---

2) 브라이언 마수미, 『정동정치』, 조성훈 옮김, 갈무리, 2018, 34쪽 참조.

없다는 건 그런 거니까
그것만큼 분명한 건 세상에 없으니까

그래도 나는 책상에 앉아 있다
흘러내리는 눈 코 입을 보고 있다
나만 모르는 대답을 듣는다

　　　　　　　　　　　—「사물들」 부분

여름은 찬란했고 비로소 폐허가 되었다
이제 어디론가 가지 않아도 된다
진화는 그런 것일 수도 있다
다리가 모두 사라질 때까지
두 팔이 어디까지 사라지는지 보려고
사라지는 것이 어디로 흘러가는지 보려고

여름이 외롭고 슬픈 얼굴로 자꾸 돌아보았지만

내 것이 아닌 것들이
자꾸 무언가 되는 걸 보고 있었다
구름 같기도 한
나를 낳은 것들 같기도 한
돌아보면 아무도 없고

쓸쓸하다는 말
그런 말은 미래가 될 수 없었다
무언가가 시작된다면
여기서부터여야 했다

　　　　　　　　　　　　　　—「외딴집」 부분

「사물들」에서 선언되는 것은 "모두 제 울음에 갇혀 있다"
는 믿음, 즉 모든 존재가 홀로 슬픔을 감당하고 있다는 믿음
이다. 하지만 슬픔을 겪는 누구도 슬픔의 핵에는 닿을 수 없
고, 이는 곧 슬픔의 우주에서 만질 수 있는 건 아무것도 없
다는 의미와 같다. 그리하여 '없는 너'와 '없는 나'만이 만져
진다는 역설이 가능해진다. 그런데 이로부터 획득되는 '존
재'란 견고한 형상이 아니라 "흘러내리는 눈 코 입"이자 현
기증으로 휘청이는 불안정한 존재이다. 슬픔은 부정의 힘
이다. 기쁨은 우리를 바로 세우지만, 슬픔은 존재를 무너뜨
린다. 그리하여 「외딴집」에서 "폐허"에 골몰하는 자는 끝내
사라져간다. 두 다리와 두 팔이 사라지는 감각은 곧 슬픔으
로 가득한 마음을 가리킨다.
　　그러나 흥미롭게도 시인은 슬픔을 존재의 끝이 아닌 출발
점으로 읽기도 한다. 「외딴집」에서 "내 것이 아닌 것들이/
자꾸 무언가 되는 걸 보고 있었다"라고 시인은 쓴다. 이 신
비로운 문장 속에서 슬픔은 '사라짐'으로부터 '되기'라는 단
어로 옮겨간다. "무언가가 시작된다면/ 여기서부터여야 했

다"라고 그는 덧붙인다. "무언가"의 실체는 불명확하다. 그렇지만 슬픔에 잠긴 마음이 "여기" 있다는 것은 명확하다. 슬픔은 폐허이고 사라짐이다. 그렇다면 이 폐허는 어떻게 존재의 출발점이 되는가. 시인이 읽어낸 슬픔의 힘은 무엇인가. 자신을 폐허라고 단언하는 순간 시인이 반복하는 몸짓은 '돌아보기'이다. '나'는 자신의 몸을 돌아보고, '여름'은 슬픈 얼굴로 '나'를 돌아보고, 마지막으로 '나'는 뒤돌아서 아무도 없다는 사실을 확인한다. 뿐만 아니라 시집 전체에서 '돌아오기-가기'라는 술어는 중요하게 반복된다. "가는 것이 꼭 돌아오는 것 같았다"(「밤배」)라는 시구는 매 걸음이 곧 '돌아옴'을 의식하며 이루어진다는 사실을 암시한다. 하지만 "우리는 돌아갈 곳이 없습니다"(「해국과 바다」)라고 단언할 때 돌아올 수 있다는 희망은 부정된다.

한편 이 '돌아오기-가기'의 움직임은 타자와의 접촉을 의미하기도 한다. 음미해볼 또다른 시구는 "너는 오는 게 아니라 생겨나는 거니까 돌아갈 수 없다는 건 잘 살았다는 말"(「이제 그만 집에 가자라는 말」)이다. 삶은 각자 짊어져야 하는 것이다. 그렇기에 '너'는 올 수 없다. 그런데 시인은 '너'가 생겨날 수는 있다고 말한다. 결국 타자와의 접촉이 공감이나 연대로 이어질 수 없을지라도 타자의 흔적은 내 안에 남는다. 당신으로 치유될 수 없을지라도 당신으로 인한 그 무언가는 내 안에서 '잘 살았다는 말'처럼 들려온다. 그렇다면 앞서 말한 「외딴집」의 '무언가'도 이와 마찬가지로 읽어낼 수 있지 않을까. 타자는 이해의 대상이 아니기에 '무언가'이다. 그 '무언가'가 당신으로부터 오는 것은 아니지만 생겨날 수는 있다. 슬픔으로 인해 나를 잃은 순간, 나를 대신해서 내 존재를 채우는 무언가가 있다. 그렇게 '여기'를 내어줌으로써 타자는 생겨난다.

5. 테세우스의 배처럼

그렇다면 슬픔을 곧 나를 비우는 힘이라고, 또한 그 빈자리를 타자에게 내어주는 힘이라고 말할 수 있지 않을까. 이 지극한 슬픔이 자아를 무화시킴으로써 자아를 오직 내어주는 존재, 식물보다도 더 식물적인 존재로 이행하게 해준다고 표현할 수 있지 않을까. 그것은 부자유를 택하는 길이고, 자신을 구원하지 않는 길이다. 하지만 시인은 "거대하고 큰 새는 날마다 나를 낯선 곳에 두고 날아갔다/ 날마다 조금씩 늦게 왔고 조금씩 빨리 갔다/ 그것도 좋았다"(「밤은 정말 거대하고 큰 새가 맞다네」)라고 쓰며, 저 "거대하고 큰 새"가 자신을 마음대로 놓아두어도 좋았다고 말한다. 이렇게 이승희 시인의 시는 슬픔으로부터 죽음 충동으로, 죽음 충동으로부터 타자에 대한 판단중지로 이행한다.

원칙은 간명하다. 이 세상의 어떠한 슬픔이라도 그는 받아들이고 있기 때문이다. 따라서 시인의 시에는 슬픔에 대

한 판단이 의도적으로 중지되어 있다. 그는 슬픔의 부당함 ⎯
도, 필연성도 추궁하지 않는다. 시인의 시에서 사회학적 의
미의 주체는 무너져 있다. 시인은 슬픔을 역사화하거나 의
미화하지 않는다. 시인이 "방향도 없이/ 잘 자라는/ 이 세계
는 그런 세계"(「더피, 나의 고사리들」)라고 적을 때, 이 표
현은 우리의 상식을 배반하는 것이다. 방향을 잃은 삶은 잘
자랄 수 없다. 그렇지만 시인의 실존이 투신하는 세계는 슬
픔 한가운데에 있다. 때론 맺히고 때론 삼켜내는 슬픔에 대
하여 증언하는 순간에 있다.

그는 방향을 잡는 대신 타자를 '따라' 흐른다. 이번 시집
은 "물고기 한 마리 자꾸 따라온다"(「물속을 걸으면 물속을
걷는 사람이 생겨난다」)라는 이미지로 시작하여 "물의 흐름
을 따라"(「나는 물에 잠겨 있다」), "목단 나무줄기를 따라"
"강물을 따라"(「안방 몽유록」), "구름의 모양을 따라"(「여
름이니까 괜찮아」), "여름의 모양을 따라"(「여름의 모양을
따라 해보는 날」), 그리고 끝내 "사라지는 것들의 모양을 따
라"(「필로덴드론 레몬라임」) 흘러간다. 이는 타자를 포용하
는 능동적 힘에 의한 것이 아니라 가없는 순응성에 기대어
흐르는 물결이다.

병든 것들 옆에 나란히 누워보세요
사는 거같이 살아보는 게 소원이었으니
아무도 모르게 죽은 몸을 배웅합니다

배회합니다
내가 참여할 수 없는 동화입니다

생각이 깊어지고 있습니다
생각으로부터 더 멀리 물러나세요
　　　　　　　　　　　　—「화단에 손톱을 심어요」 부분

　얻는 것이 아니라 버리는 것으로 세워지는 존재가 있을
까. 시인은 슬픔의 물결에 자기 존재를 버리고, "병든 것
들 옆"에 나란히 눕기를 바란다. 존재를 바로 세우는 것이
아니라, "배웅"하고 "배회"함으로써 자아를 획득하는 것이
야말로 이승희 시인이 그리는 세계의 모습이다. 이 무력한
삶, 이 슬픔에 대하여 사색하거나 무엇을 행하는 것이 아니
라 "내가 참여할 수 없는 동화"로서, 저 "죽은 몸"을 바라보
며 시인은 어떠한 생각을 곱씹고 있는 것일까. 그에게 "사
는 거 같이 살아보는" 소원을 이루는 순간은 살아 있는 육
체로 도달할 수 있는 것일까, 저 죽은 이 곁에 나란히 누울
때 가능한 것일까. 어쩌면 그의 결론은 슬픈 쪽으로 기울었
기에 시인은 "생각으로부터 더 멀리 물러나세요"라고 쓸 수
밖에 없지 않았을까.

　슬픔이 결국 존재의 무력함이나 죽음으로 귀결한다면, 이
승희 시인은 그 어두운 곳으로 향하기를 주저하지 않는다.
이로부터 역설은 생겨난다. 그는 자신을 버리는 만큼 그가

바라는 존재를 얻을 것이다. 병드는 만큼 깊어질 것이다. 시집 전반의 식물 이미지와 미적인 풍경은 환부를 부드럽게 감싸지만, '놓이고' '돌아가고' '따라' 흐르는 서술어 속에서 마음의 요동은 감지된다. 슬픔에 충분히 흔들릴 때, 최초의 '나'는 사라지고 그는 오롯이 슬픔으로 건축된 하나의 존재를 획득할 것이다. 그러나 과연 슬픔을 다할 수 있는 것인지, 또한 이 슬픔의 서사시가 마침내 어딘가에 도달할 것인지는 답하기 어렵다. 다만 시인이 '무언가'라고 말한 그 타자성과 직면하는 순간처럼, 이 또한 사람이 이룰 수 있는 기적이라고 말해볼 뿐이다.

이승희 1999년 경향신문 신춘문예를 통해 작품활동을 시작했다. 시집으로『저녁을 굶은 달을 본 적이 있다』『거짓말처럼 맨드라미가』『여름이 나에게 시킨 일』이 있다. 전봉건문학상을 수상했다.

— 문학동네시인선 217
작약은 물속에서 더 환한데
ⓒ 이승희 2024

— 1판 1쇄 2024년 7월 30일
1판 5쇄 2025년 1월 3일

지은이 | 이승희
책임편집 | 서유선 편집 | 김내리
디자인 | 수류산방(樹流山房) 본문 디자인 | 유현아
저작권 | 박지영 형소진 최은진 오서영
마케팅 | 정민호 서지화 한민아 이민경 왕지경 정유진 정경주 김수인 김혜원
김예진
브랜딩 | 함유지 함근아 박민재 김희숙 이송이 김하연 박다솔 조다현 배진성
제작 | 강신은 김동욱 이순호 제작처 | 영신사

펴낸곳 | (주)문학동네
펴낸이 | 김소영
출판등록 | 1993년 10월 22일 제2003-000045호
주소 | 10881 경기도 파주시 회동길 210
전자우편 | editor@munhak.com
대표전화 | 031) 955-8888 팩스 | 031) 955-8855
문의전화 | 031) 955-2696(마케팅), 031) 955-8864(편집)
문학동네카페 | http://cafe.naver.com/mhdn
인스타그램 | @munhakdongne 트위터 | @munhakdongne
북클럽문학동네 | http://bookclubmunhak.com

ISBN 979-11-416-0683-1 03810

문학동네